Rue de la Source, 7
(B)1435 Hévillers
www.kerditions.eu / kerditions@kerditions.eu

Fondation Laure Nobels
Rue Denis Deceuster, 3
(B) 1330 Rixensart
www.fondationlaurenobels.be

ISBN : 978-2-87586-296-9
Dépôt légal : D/2021/12.437/105

Les éditions Ker et la Fondation Laure Nobels sont soutenues par la Fédération Wallonie-Bruxelles.

Couverture : © Clarisse Derruine
4e de couverture : Clarisse Derruine photographiée par © Christina Moschou.

Cet ouvrage a été achevé d'imprimer en Belgique en avril 2021.

Clarisse Derruine

DÉCOMPOSITION

Roman

ker éditions

Avant-propos

Clarisse Derruine est lauréate du prix Laure Nobels[1] 2020-2021.

Elle a terminé l'écriture de ce roman à l'âge de 24 ans.

Avec grande écoute et subtilité, l'auteure a parachevé son texte initial sur la base des conseils judicieux du jury adulte de la Fondation Laure Nobels, de Fidéline Dujeu, Isabelle Blockmans, Claude Nobels et Xavier Vanvaerenbergh. Nous les en remercions chaleureusement.

Nous adressons nos plus vives félicitations à Clarisse.

Le Conseil d'Administration de la Fondation Laure Nobels

---

1 La Fondation Laure Nobels finance la publication et la promotion d'œuvres littéraires en français, écrites par de jeunes auteurs belges. Pour déterminer les bénéficiaires, la Fondation soumet les manuscrits présentés par les jeunes à la lecture critique d'un jury indépendant. Composé d'experts en littérature, celui-ci évalue l'originalité et la qualité des textes proposés. Chaque année, un lauréat est récompensé par le Prix Laure Nobels. Les années impaires, celui issu du groupe des 15-19 ans, et les années paires, celui issu du groupe des 20-24 ans. Chaque année, un deuxième lauréat est récompensé par le Prix Jeune Public Brabant wallon de la Fondation Laure Nobels, créé en partenariat avec le Brabant wallon qui souhaite ainsi susciter l'écriture et promouvoir la lecture, notamment auprès des jeunes. Chaque prix consiste à introduire l'œuvre sur le marché de la littérature, selon toutes les normes professionnelles en vigueur dans le monde du livre. Plus d'infos : www.fondationlaurenobels.be

PIONNIERS

Je suis né dans les ruines encore debout d'une civilisation en disgrâce. J'ai grandi dans les mauvaises herbes qui grouillent à l'ombre des vestiges flamboyants, j'ai marché entre les tours rongées de soleil et de pluie, j'ai lutté sur les fondations pourries des géants. J'ai construit un monde et j'en ai abandonné un autre.

Ma sœur a toujours trouvé que j'en faisais trop.

Elle a peut-être raison.

1

Silvio avait huit ans la première fois qu'il fit le rapprochement entre l'état de son père et celui des murs. Dans les deux cas, c'était étrange et beau. Dans les deux cas, cela se propageait lentement à l'orée des regards, comme le font les mauvaises herbes. L'inhabituel devenu ordinaire sans un bruit. Était-il le seul à l'avoir remarqué ? Il ne posa pas la question, pas même à Solène. De manière générale, il préférait chercher les réponses par lui-même.

C'était le début du printemps et la ville se nimbait d'une texture de sous-bois. Des jours chauds et humides qui clouaient les habitants à l'ombre sur les tapis de mousse verte ; un air plus lourd et parfumé chaque nuit. Il semblait que jamais il n'y aurait plus belle époque à vivre pour un enfant de huit ans.

Par cette chaleur, les ruelles désertées résonnaient d'appels silencieux à les emprunter et à suivre leurs méandres jusqu'au bout, où l'asphalte meurt dans le brouillon vert et gris de la ville qui s'estompe. Mais comme chacun sait, une rue n'a pas de fin, elle sinue et se jette dans un boulevard qui ne cesse de s'enrouler sur lui-même. Le quartier regorgeait ainsi d'aventures cachées, du moins pour ceux qui savaient y débusquer les murets fourmillant de lézards et les ravins d'herbes sauvages. Pour les fins observateurs – et Silvio en était un – rien n'était semblable d'un coup d'œil à l'autre. Il partait sur les traces des modifications survenues depuis ses explorations de l'été passé : ici, un ruisseau – à peine un filet d'eau sale – serpentait entre les pavés disjoints ; là, un bouquet de fougères était apparu au fond d'une ruelle.

Parfois, lorsque la brise ensoleillée soufflait sur les pavés, Solène quittait ses manuels et l'accompagnait, tanguante et délicate, quelques pas en arrière. Un œil noir sur quiconque regardait son frère de travers, un autre dans lequel dansaient les formules. Un troisième pour surveiller où elle posait les pieds lui aurait été utile. Elle trébuchait souvent.

Les journées coulaient lentement et chacune débordait sur la suivante. Des semaines, des mois pouvaient passer ainsi et se fondre les uns dans les autres jusqu'à ce qu'un jour, on s'aperçoive qu'une ère avait pris fin. Sans même avoir remarqué qu'elle avait commencé.

Ce printemps-là, Solène avait souvent accompagné Silvio dans ses explorations. Comme à son habitude, il ne posait pas de questions. Il ne lui demandait pas si elle souhaitait vraiment l'aider à établir son inventaire. Il ne cherchait pas à savoir si elle fuyait la maison, ni pourquoi. Il appréciait sa présence tranquille, son enthousiasme à gravir les talus, et les pensées qu'elle partageait avec lui, comme si une décennie ne les séparait pas. Comme si, en quittant la maison pour le suivre, Solène se débarrassait sur le pas de la porte de leurs dix ans d'écart pour les réenfiler au retour, quelques heures plus tard. Silvio en était heureux et pourtant, il sentait que cela ne durerait pas. Il y a des ères que l'on voit passer même quand on a huit ans.

Il était vrai qu'une telle différence d'âge ne sautait pas aux yeux, contrairement à l'air de famille. Ce n'étaient pas les cheveux clairs et courts de l'une, foncés et plein d'épis de l'autre, ni la démarche sautillante de Silvio, quand Solène déraillait deux fois par kilomètre. C'étaient les yeux, foncés comme la nuit. Et les traits du visage, sombres et aiguisés comme le fusain sur papier à grain épais. Les taches de rousseur, aussi, qui explosaient autour des narines en nuées de postillons solaires.

L'inventaire occupa Silvio plusieurs semaines, et jamais la préparation d'un exposé ne lui avait semblé si importante.

Pourtant, il savait que l'école n'attendait guère plus qu'un résumé illustré des activités printanières de ses élèves – Jan qui raconterait les livres qu'il avait lus, et Julia qui parlerait de la piscine à vagues de son grand-père à la Capitale. Mais peut-être Silvio avait-il exagéré l'ampleur du travail afin de mobiliser l'attention et le temps de sa sœur. Ou peut-être aimait-il avoir trouvé une raison de déambuler dans tous les sens avec son cahier, comme s'il n'y avait rien de plus important que ce travail scolaire.

Autour de chez Silvio, les maisons alignaient leurs escaliers en colimaçon, leurs balcons de fer forgé et leurs châssis écaillés aux couleurs vives ; les façades étaient prévisibles comme un décor de théâtre usé. Au-delà de ce labyrinthe résidentiel, vers le cœur de la ville, la mer d'ardoise et de terre cuite des toitures laissait place à des bâtisses de plus en plus hautes et à des immeubles massifs. Silvio n'avait pas le droit de marcher seul aussi loin. Sa sœur, elle, s'y rendait tous les jours pour les cours. Solène lui avait certifié que là-bas, il y en avait beaucoup moins que dans leur quartier, mais elle ne savait pas observer. Pas comme lui. Car Silvio les trouvait partout.

Jusqu'à présent, il en avait répertorié une dizaine d'espèces, et chacune reposait, soigneusement décrite et dessinée, dans son cahier à spirales. Il en avait numéroté les pages et ses notes débordaient dans la marge : son écriture gigantesque d'enfant dévorait le papier, et il voulait que les cinquante derniers feuillets restent blancs – pour plus tard, quand une vraie aventure lui tomberait dessus et qu'il aurait besoin d'un vrai journal de bord.

En attendant, faute de péripéties, il traquait ces flaques organiques et rugueuses qui tachaient l'écorce et les pierres ; il les chassait dans les gouttières et les jointures. Ce n'était pas difficile : elles étaient partout, de toutes les formes, de toutes les couleurs. Tellement présentes qu'elles en devenaient invisibles.

Il y avait celles qui s'étiolaient en choux vert pâle, ridés et aplatis sur le bois spongieux. On aurait dit de minuscules nénuphars. Celles qui ressemblaient à des bulles de peinture jaune sale sur la pierre. D'autres qui recouvraient les troncs d'un manteau vert tendre, parsemées de microscopiques tourelles souples comme des antennes d'escargot. Celles qui se répandaient en mares de rouille épaisse et sableuse. Celles-là, il n'osait pas les toucher. Il y avait les poilues, les piquetées, les arachnéennes, les ramifiées blanches comme de la dentelle. Les rabougries qui se desséchaient au soleil, grises et dures comme du corail, et les cotonneuses, gonflées d'humidité. Il y avait des espèces colonisant allègrement les pavés de la place publique et d'autres, plus discrètes, qui s'épanouissaient dans l'ombre. Sa trouvaille préférée était de celles-là. Une forêt miniature, composée d'arbres tubulaires de quelques millimètres s'évasant en trompettes vers le ciel, qui ne poussaient qu'au creux des souches pourries et dans l'humus des coins ombragés.

L'inventaire progressait. Silvio repérait régulièrement d'autres espèces à répertorier et de nouvelles terres à explorer. Solène l'aidait à écrire les mots difficiles et à tracer les schémas de ces assemblages organiques. Elle les appelait *lichens*. Elle n'était pas certaine du terme, mais hasarder un joli mot pour les désigner lui avait valu un regard impressionné de Silvio. *Lichen* ce serait donc. Pour leur père, il s'agissait sans aucun doute des *saloperies qui dégueulassent le toit.* C'était ce qu'il avait craché tout bas le jour où il avait sorti l'échelle pour aller voir avec Silvio ce qui se passait sur leur toiture, afin de compléter le chapitre des espèces domestiques. Sur les tuiles ravagées de mousses et de matières en décomposition, il avait découvert un océan tout sec de dépôts verdâtres, et aussitôt entrepris de déloger les indésirables. Sans grand succès.

Silvio ne l'avait pas pris personnellement. Il savait que l'intérêt de son père pour l'exposé était sincère, du moins l'était son envie de l'aider. Cela lui rappelait qu'à son âge, il avait fait un herbier, ou peut-être était-ce son frère, il ne savait plus, où pouvait-il bien être, il faudrait qu'il aille voir au grenier.

Beaucoup de choses étaient des *saloperies* pour son père. Les *saloperies* de chantiers toujours en retard, les *saloperies* de conneries qu'on passait sur les écrans, cette *saloperie* de piano encore désaccordé. Quand le père voyait le fils ouvrir des yeux ronds en entendant ce genre de vocabulaire, il lui adressait un large sourire, Non, j'ai dit *salopette*, tu n'as pas bien entendu, et il clignait de l'œil.

À compter de ce jour, le père de Silvio se lança dans une guerre sans merci contre les envahisseurs. Cela n'aurait pas été bien grave si ces saletés ne s'accompagnaient pas de plantes grimpantes qui, lancées à l'assaut des toitures de toute la rue, le rendaient fou de rage. Non seulement elles opposaient une résistance agaçante à toute forme d'arrachage, même par surprise, mais elles avaient l'audace de revenir s'installer aussi vite que la poussière après un coup d'aspirateur. Mais le vrai problème du père, ce n'étaient ni les lichens, ni les plantes grimpantes. Ni même le piano. C'était le temps.

Il y en avait beaucoup trop.

Le temps n'avait pas toujours semblé aussi long, aussi lent. Et lourd. Il y avait eu un temps où il n'y en avait jamais, et c'était très bien comme ça. C'était un temps d'astronaute : lorsque celui-ci décolle et voyage à de hautes vitesses pour revenir à son point de départ, il s'aperçoit que son jumeau resté au sol est devenu plus vieux que lui – c'est que durant la séparation, leur temps respectif ne s'écoulait plus de la même façon. Ainsi, le père partait de la maison quelques heures, quelques jours pour le travail et lorsqu'il revenait sur le sol familial, il s'apercevait que des mois, des années avaient passé. Ses enfants avaient grandi, sa femme avait vieilli. Comment était-ce possible ? Tout ce temps, il ne le voyait pas s'écouler. En son absence, les siens vivaient des siècles et lui, il n'avait. Jamais. Le. Temps.

Ce qui éclusait le temps paternel à l'époque, c'était le grand projet ferroviaire. Et tous ses petits. Le programme était né avant lui et pourtant, depuis qu'il l'avait rejoint des années auparavant, il en était peu à peu devenu le géniteur. Il devait sans cesse s'absenter. Souvent à l'autre bout de la ville, souvent à la Capitale, parfois dans sa propre tête. Il se déplaçait pour superviser de gigantesques chantiers qui engloutissaient les hommes et l'argent. Il voulait voir de son vivant le réseau achevé jusqu'à la dernière maille, et la multitude de travaux terminés jusqu'à la dernière gare. Mais les chantiers, les uns après les autres, s'étaient arrêtés. Les problèmes techniques, accumulés. L'argent, tari. Les hommes, fatigués.

Il restait les plans et les idées. Bien alignés, bien calculés, bien pensés. Sur le papier, c'était beau à pleurer. Il n'y avait pas de place pour les budgets trop serrés, les retards successifs, les nappes phréatiques imprévues, les études de sol défavorables, les problèmes structurels, les calculs de planning. Régler ce genre de questions n'était ni beau, ni amusant. Les réunions d'équipe s'étaient espacées. Sa vie entière avait été mise en sourdine. Il attendait. De manquer de temps à nouveau. Aucun autre projet n'arrivait à l'intéresser. On n'envoie pas un astronaute en orbite autour d'un carrousel, c'est du gaspillage de talent.

On lui avait dit que c'était juste une question de temps. Juste une interruption *à durée indéterminée*. « Mais du temps, j'en ai, prenez-le, prenez tout », avait-il envie de hurler. Il avait souvent envie de hurler. Quand cela lui arrivait, il se mettait à jouer à la place. C'était plus joli. Quand sa famille entendait le piano chanter, lui écoutait avec application ses propres hurlements.

Il s'était donc mis à jouer de plus en plus souvent. La musique imprégnait toute la maison. Il était doué, il devint excellent. Mais au fur et à mesure qu'il maîtrisait les partitions, il perdait les mots. Et les jours où il ne jouait pas, c'était pire. Le silence retentissait avec force à tous les étages. C'était un silence malsain, de ceux qu'on subit après l'explosion d'un bruit si dérangeant que les tympans ne reçoivent plus qu'un sifflement. Dans ces moments-là, la maison entière retenait son souffle.

Cela lui laissait encore *trop* de temps. Alors, il avait déclaré la guerre aux lichens du toit, au lierre sur les murs et à la végétation qui s'entêtait à cacher la couleur des briques, les lignes claires et pures des façades et brouillait l'identité constructive et c'est une injure à l'architecture de la ville, tu ne vois pas ?

Non, Silvio ne voyait pas.

*

Quand vint le jour de l'exposé, un entrelacs de fougères fines comme du tulle et délicatement ciselées avait élu domicile dans tout ce que le quartier comptait de fissures. De sa classe, au rez-de-chaussée, Silvio voyait le bout de leurs frondes dépasser le rebord des fenêtres. Les plus jeunes feuilles, pas encore dépliées, s'enroulaient en crosses vertes – en points d'interrogation, avait dit Jan – et semblaient s'apprêter à frapper au carreau. Cela donnait à la cour de récréation un air de Crétacé supérieur qui le ravissait.

À la fin de l'été, un mince tapis de mousses et de lichens recouvrait la plupart des toits de la ville.

2

Le départ eut lieu un matin où le ciel s'était levé gris et cotonneux. Un matin brumusculaire, avait dit Jan – il inventait toujours des mots quand il était stressé.

Je n'avais jamais fait le chemin à pied. La dernière fois que nous nous étions rendus à la Capitale, nous avions pris le rectilien, mais en cette saison, il roulait essentiellement pour le fret et le courrier. Obtenir un siège aurait coûté plusieurs semaines d'attente et de salaire. À pied donc.

De toute façon, je préférais marcher. Le chemin était clair, ce que je devais faire aussi. Mettre un pied devant l'autre. Recommencer. Toute cette partie de ma vie, d'ici à la Capitale, était écrite. C'était prévu, c'était rectiligne. Je me voyais déjà, loin à l'horizon, marcher le jour d'après, et le suivant, et le suivant.

*

Ils avaient éclos dès le début de l'automne.

Ceux qui savaient où chercher les trouvaient déjà en toute saison, mais cette année-là fut différente. Était-ce leur taille, était-ce leur nombre ? Bientôt, plus personne ne s'étonna de les voir déborder des lieux humides et déserts. Ce n'était pas un problème. On s'habituerait. Qu'est-ce que ça changeait, en définitive ? Il y en avait que ça n'intéressait déjà plus. D'autres que cela intriguait. Et enfin, ceux qui s'inquiétaient.

Les sporophores se multipliaient en grappes depuis le fond des terrains vagues jusqu'au pied des bancs publics. C'est ce que rapporta la presse étrangère et le temps que l'information percole, on voyait, partout sur le continent, des colonies de champignons émerger des caves et ramper sur les arbres bien taillés des avenues.

Et puis, il y avait les mauvaises herbes – coriaces et envahissantes ces temps-ci – et la couverture des lichens qui, déjà, faisait partie du paysage urbain – mais n'avait-elle pas toujours été là ? Les interstices des rues piétonnes étaient saturés de bryum argenté. Désormais, on ne pouvait plus trouver un véhicule dont le pare-brise et les rainures de portières soient dépourvus de cette mousse irisée qui s'incrustait au gré du vent.

« C'était inévitable, dirent les experts lorsqu'on les interrogea au sujet des champignons. Nous n'avons rien vu, parce qu'il n'y avait rien à voir ! Le mycélium se glisse en profondeur dans le sol ou au cœur des joints d'un mur, et vit ainsi de nombreuses années sans qu'on le remarque. Il grandit et envahit une zone de plus en plus étendue, sur plusieurs kilomètres carrés parfois, jusqu'au jour où il est assez enraciné pour se reproduire. Il se met alors à former des sporophores – c'est-à-dire, le chapeau du champignon. »

La mère de Silvio s'obstina un moment à arracher les têtes de champignons dès qu'elles apparaissaient. Elle se résigna lorsqu'elle comprit que rien ne pourrait les empêcher de revenir et que leur présence était, tout compte fait, inoffensive. Comme dans la plupart des foyers, on se mit à les récolter pour les manger.

Quant à son père, il s'absentait désormais souvent. Quelqu'un d'autre prenait alors sa place. Il lui ressemblait trait pour trait, mais ce n'était pas lui. Silvio n'était pas dupe : d'abord, l'inconnu ne parlait pas et se noyait des heures dans le fond d'un verre. Des jours dans une fissure au plafond. Des semaines dans la déclinaison d'un accord en sol mineur.

Mais quand le père revenait… Alors, il était vraiment *là*. C'était comme s'il avait vu des choses extraordinaires, il revenait la tête et les yeux pleins de songes et de monstres. Le piano crachait à nouveau des notes, le chantier ferroviaire était au cœur de tous ses discours et il remontait sur le toit pour insulter mousses et lichens.

Il remplissait chaque journée de suffisamment de vide pour qu'elle laisse place à la suivante. Et à celle d'après. Le temps que les travaux ferroviaires reprennent.

– Tu vois, expliqua-t-il un jour à son fils, pour moi, c'est un signe, cette histoire de champignons. Un signe que le réseau adviendra quoi qu'il arrive. Viens, je vais te montrer quelque chose d'incroyable.

Silvio était enchanté que son père soit *là* et d'humeur à lui montrer *quelque chose.* Il aurait pu lui mettre des boutons de manchette sous le nez que le garçon aurait exulté.

Silvio regarda son père sortir un classeur d'une étagère. Il l'ouvrit et le feuilleta un instant ; claquement des anneaux métalliques, odeur de vieux papier. Le père sortit des plans et les étala devant lui.

– Tu vas voir, c'est fascinant.

Il pointa du doigt ce qui ressemblait à une carte nationale.

– Là, au centre, c'est la Capitale. Nous sommes ici, sur ce rond plus petit, qui représente Vervilles. Là, tu reconnais Bordemure avec ses canaux et là, c'est Dylle. On y habitait avec ta mère avant la naissance de Solène, tu le savais ? Sur cette carte, tu vois toutes les villes du pays représentées par un point plus ou moins grand en fonction de leur taille. Les plus petites sont ici, là et là : Coxelle-Nord, Coxelle-Ouest et Bruis-les-Bois. À peine des confettis. Le problème consiste à relier tous ces endroits de manière efficace.

Le regard de Silvio se posa sur le long trait noir qui serpentait depuis le bas de la feuille jusqu'au coin supérieur droit en passant par une dizaine de points alignés. Il le reconnut et le suivit du bout du doigt.

– Oublie le rectilien, Silvio, dit aussitôt son père sur un ton grave. Il ne sert qu'à couper en deux un territoire gigantesque en isolant ceux qui n'habitent pas dans son sillage. Le nouveau réseau Intercités, lui, ne laissera personne sur le côté. Regarde. Chaque ville importante devra être connectée aux autres. Mais les cités secondaires doivent également faire partie du réseau. Et plus elles sont peuplées, plus il faut augmenter la fréquence de passage. Enfin, un circuit parallèle aux lignes principales doit être opérationnel en cas de problème. Sachant cela, tu n'imagines pas le nombre de combinaisons possibles qu'on peut dessiner. Des centaines de réseaux hypothétiques ont été tracés.

Il feuilleta le classeur et sortit un autre plan qu'il déplia avec précaution.

– Voilà. C'est une image d'archive de la solution historique du tracé final, validée des années avant que tu viennes au monde.

Chaque point-ville était désormais relié aux autres par des traits fins. D'autres, plus épais, convergeaient vers la Capitale. Le réseau s'étalait sur la carte, évident et complexe. Il poursuivit :

– Cette solution-là, ce n'est pas un architecte qui l'a dessinée. Ni un urbanologue, ni un ingénieur ferroviaire. En fait, ce n'est même pas un humain.

Silvio ouvrit de grands yeux. Il sentait que c'était la réaction attendue.

– Non, expliqua son père d'une voix amusée, c'est le champignon *Physarum polycephalum.* On en dépose un individu sur une plaque. Sur celle-ci, on représente les villes à la bonne échelle à l'aide de tas plus ou moins gros de substances nutritives. Le champignon commence alors à s'étendre sur toute la surface de la plaque avec son mycélium – ce sont ses racines, elles ressemblent à de fins spaghettis, tu vois ? Lorsqu'il a repéré les points de nourriture, il développe davantage ses connexions avec eux, afin de transporter efficacement les nutriments. Cela crée un réseau parfaitement équilibré et optimisé. Les hyphes les plus épaisses – ce sont les filaments du mycélium – sont celles qui acheminent le plus de nutriments et induisent donc une fréquence de passage plus importante. Ici, tu peux voir des hyphes plus fines qui constituent un maillage secondaire utile en cas de rupture des artères principales.

Il ne se rendit pas compte que le discours avait perdu son fils. Néanmoins, Silvio écoutait, fasciné. Il pouvait presque voir les mots se déverser hors de son père, glissant sur sa barbe comme s'ils avaient sauté sur l'occasion après des mois d'accumulation et de bousculades dans la pénombre d'une mâchoire serrée.

L'enfant cligna des yeux et s'efforça de se concentrer sur le flot des paroles.

– Tu connais la suite. Des années plus tard, ton vieux père entre en scène et ce tas de dessins organiques devient le projet ferroviaire le plus ambitieux du continent. Tu vois, maintenant, Silvio ? Tous ces champignons qui sortent du bois et révèlent au grand jour leur mycélium… c'est le rappel que nous aussi, nous sommes destinés à créer ce réseau de transport qui nous connectera les uns aux autres.

Il avait des yeux un peu fous, un peu lointains. Ce regard, Silvio l'adora, comme il avait adoré chaque mot de son père.

*

Solène se rappelait le jour où Mamie était morte. C'était un matin d'octobre, sa mère avait dû venir la chercher plus tôt à l'école. Elle avait cinq ans, Silvio n'était pas encore né. Durant sa courte vie, jamais encore elle n'avait connu la solitude ; mais ce jour-là, elle lui tomba dessus comme un cartable trop lourd. Solène le porterait durant les cinq années suivantes. Lorsque ses parents fabriquèrent un petit être ridé comme une vieille pomme et le ramenèrent à la maison, elle ne déposa pas le cartable. Elle avait grandi suffisamment pour le supporter désormais.

Le jour où Mamie était morte, elle avait cinq ans et sa mère était venue la chercher en avance à l'école. Elle se le rappelait très bien, c'était un matin d'octobre juste avant l'heure de la grande récréation. Celle où les enfants affamés se jettent sur le contenu des boîtes en plastique coloré préparées par leurs parents le matin même. Sa propre boîte à tartines, avec son couvercle bleu, était restée au fond de son banc ce jour-là. Toute seule.

Lorsque Solène était revenue à l'école, lourde de son cartable et d'une nouvelle boîte à couvercle rouge, elle n'avait pas osé récupérer sa jumelle bleue dans le pupitre. Cette boite-là appartenait à sa vie d'avant – celle où Mamie était en vie. Celle où il était encore possible de se débarrasser du poids sur son dos en faisant glisser les bretelles du sac d'un mouvement d'épaules. Maintenant, elle avait un couvercle rouge. Le bleu n'existait plus.

Il fallut pourtant la ramener à la maison. Inutile d'expliquer à la mine maternelle dégoûtée qu'il y avait un peu de Mamie vivante dans la boîte bleue au fond du banc, elle n'aurait pas compris. Solène fut fascinée par l'univers qui s'était développé à l'intérieur. Les moisissures, installées sur presque toute la surface du pain abandonné en octobre, formaient des ridules et des textures bleutées qu'elle n'avait jamais observées auparavant. La vie qui prospérait dans le noir et l'oubli, c'était nouveau pour elle. Elle s'était demandé si le pain moisi dans la boîte au fond du banc, c'était comme Mamie dans sa boîte au fond du cimetière. Probablement.

Solène n'avait plus cinq ans. Elle avait vingt ans et elle pensait à tout cela, au matin d'octobre, au couvercle bleu et à la mort; et les taches bleutées de pourriture jaillissaient dans sa mémoire chaque fois qu'elle posait les yeux dehors. Un frisson de dégoût la saisissait lorsqu'elle regardait les minuscules champignons verdâtres qui rampaient sur les façades, partout, comme s'ils voulaient ensevelir le pays avant la fin de l'année.

Mamie était morte. Le pain était abandonné. Cette ville n'était ni morte, ni abandonnée. Alors pourquoi diable était-elle en train de moisir ?

*

« Prenons les lichens, par exemple. Il en existe plus de vingt mille espèces. La plupart grandissent de quelques millimètres par an. Certains peuvent vivre des milliers d'années, ou survivent dans des conditions extrêmement hostiles. Sur le plan évolutif, c'est un succès. Ce que nous observons, c'est que le taux de croissance annuel de certains lichens urbains semble avoir dépassé cette moyenne. Plusieurs paramètres seraient en cause : des mutations naturelles qui mènent à un comportement de conquête plus agressif, ou encore des conditions atmosphériques favorables sur de plus longues périodes – rappelez-vous qu'il n'y a pas si longtemps, le taux d'humidité était bien plus bas et les pluies saisonnières, moins fréquentes. Nous mettrons des années avant de développer des modèles qui pourront nous éclairer plus précisément. La communauté scientifique s'accorde cependant à dire que nous vivons un événement passionnant d'un point de vue botanique. Pour en discuter, nous recevons tout de suite le Professeur Corbier, qui enseigne la mycologie à l'université de Verville… »

Solène éteignit la radio. Pendant un moment, elle resta songeuse. Elle écouta le silence crépitant de pluie et d'insectes qui lui parvenait depuis les carreaux mouillés de la cuisine. Pour une fois, ce bruit ne parvint pas à l'apaiser. Elle aurait aimé, comme sa mère, s'enthousiasmer sans arrière-pensée pour le goût des énormes prunes du jardin et l'odeur boisée des champignons sur le rebord de la fenêtre. Ana était professeure de français et dans ce métier, les enthousiastes et les rêveurs survivent plus longtemps que les autres ; alors, elle avait fait de cet optimisme sa carapace.

Solène préférait les chiffres. Avec des lois mathématiques immuables, non sujettes à des mutations naturelles. Les nombres, elle connaissait. Ce qui était en train d'arriver, c'était l'inconnu, et ça la terrifiait, alors même que les médias parlaient gaiement de *grand printemps continental.* C'était partout pareil, avait dit la radio. Et quand c'est partout pareil, c'est que tout est normal. À la Capitale, la concentration des spores dans l'air avait atteint un nouveau record cette semaine. Pas difficile, songea-t-elle. Personne n'aurait pensé à mesurer ce taux il y a dix ans. S'il y avait eu un jardin zéro dans un pays voisin, il avait eu tout loisir d'infecter le continent dans l'indifférence générale. Mais peu parlaient d'infection, évidemment. « Solène, lui avait dit sa mère, c'est *ton* choix de prêter attention à la minorité qui dit noir quand la majorité dit blanc. » Touché. Mais c'était ainsi, elle était de nature méfiante. « Il y a dans les yeux de ma fille un terreau propice à la mélancolie », déclarait Ana lorsque Solène était petite. Typique des profs de français. C'est terrible, les gens qui aiment un peu trop les mots. À l'époque, personne ne pensait qu'elle s'en souviendrait quinze ans plus tard.

Et Solène, avec ses yeux mélancoliques, sa nature méfiante et sa haine de la pourriture, avait hâte de partir. Elle les aimait tous. Le père trop étrange, la mère trop rêveuse, le frère trop intense ; mais elle voulait s'en aller. Elle décamperait comme l'avaient fait l'Est et l'Ouest : avant qu'il ne soit trop tard.

La ville n'était pas un simple terrain de jeux pour le grand printemps continental. Elle était devenue sa proie. Comme son père, sa mère et son frère. Et Solène ne voulait pas être une proie. Elle voulait chasser.

3

Marcher me donnait le temps de réfléchir. Après tout, j'ignorais ce que j'allais trouver à la Capitale. Et qui. Mais sur une feuille pliée en huit dans la poche de ma chemise, il y avait deux lignes que je connaissais par cœur.

Une adresse.

Il me semblait que ce bout de papier pesait plus lourd sur ma poitrine que l'énorme sac sur mon dos. Ma mère estima que ce n'était pas une raison pour ne pas se tenir droit.

Ici, tout était différent et semblable à la fois. Pour la première fois depuis des mois, j'avais cessé de respirer l'odeur lourde et moisie de Vervilles, et mille autres parfums agressaient mes narines.

L'ancienne voie ferrée sur laquelle je marchais depuis la veille me donnait la sensation d'être un funambule sur le faîte d'une toiture boisée. Lorsqu'on ne l'encombre pas de maisons et d'humains, le paysage s'ordonne et se range spontanément. Le désordre harmonieux était un concept qui n'avait jamais convaincu ma mère concernant l'état du salon, mais j'étais sûr que la géométrie organique des bois lui en offrait une bonne démonstration. Un ban de campanules à droite, une mare de renoncules flammettes à gauche, chaque chose à sa place. Des étages de plantes enracinées sur d'autres végétaux. « Des épiphytes », me souffla la voix poussiéreuse d'un livre de botanique dans ma bibliothèque mentale. Je le répétai tout haut à Jan, qui sembla intrigué.

Au bout d'une journée, les mollets lacérés par les ronces et les chardons-Marie, l'envie de faire des commentaires sur l'harmonie sauvage des bois me passa.

– Ma mère, elle dit toujours que ça lui rappelle un livre.

– Lequel ?

– Je ne sais plus. Une histoire de son enfance. Avec une planète infestée de baobabs. Au début, ce sont seulement des graines. Des graines de baobab.

– Mais tu ne te souviens vraiment pas du titre ? insista Jan.

– Non. Mais elle m'a raconté, écoute.

Silvio adorait raconter des histoires. Ou bien il adorait qu'on l'écoute, il n'était pas sûr.

« Ce sont des géants parmi les arbres. Au début, ils sont tout petits, personne ne se doute qu'il s'agit de pousses de baobabs. Et quand ils grandissent, ils sont partout, c'est trop tard. Ils poussent dans tous les sens, cimes en haut, racines en bas, à l'étroit dans leur berceau de terre car leur maison est vraiment toute petite. Les racines perforent le sol et ils s'écrasent les uns les autres jusqu'à étouffer la planète surchargée. Quand celle-ci est à bout, vidée de son eau, de son oxygène, de ses minéraux, quand il ne reste qu'une grosse pierre stérile et argileuse flottant dans l'espace… sous la pression des baobabs, elle éclate ! »

Jan attendit. Le récit ne lui évoquait rien.

– Et c'est tout ? L'histoire s'arrête là ?

– Non, répondit Silvio, l'air désolé. Mais je ne me rappelle plus la suite.

– Tu penses que c'est ça qu'il se passe ?

– Je ne crois pas… Enfin, je n'en sais rien. Mais mon père dit que si ça arrivait, on partirait bien avant. Ce sera le signe qu'il faut y aller, il dit. On se cherchera un autre rocher qui flotte dans l'espace, sans baobab – il y en a plein –, une autre boule de plasma géante pour graviter autour – il y en a plein aussi – et tout le monde déménagera. Il y a des gens qui y réfléchissent, qui fabriquent un plan de secours. Mon père dit qu'ils sont payés pour ça. Mais tout le monde sait que ça n'arrivera pas.

Silvio arracha une poignée de trèfles. L'herbe était chaude et la terre collait aux doigts. Les deux garçons de dix ans étaient allongés côte à côte dans la pelouse du jardin, mais ils ne se voyaient presque pas. Il doutait même que quelqu'un puisse les apercevoir depuis l'intérieur de la maison des parents de Jan. L'herbe était vraiment très haute.

Après un moment de silence, Silvio ajouta :

– Et le vieux, qui habite en face de chez moi, tu vois ? Celui qui n'a plus toute sa tête.

– Oui, celui qui a un grain, répondit Jan. C'est ce qu'elle dit, ma mère. Quand elle trouve que quelqu'un ne tourne pas rond. Même sa voix est granuleuse comme du mortier.

– Le vieux, donc, il dit qu'on est déjà partis. Depuis des siècles. Et on a tout embarqué, là-bas, pour un très long voyage, on est partis, on est morts et on est nés, encore et encore, et on est arrivés ici. Sur une nouvelle planète. Alors, on a fait comme si c'était notre maison depuis toujours. On a tout déballé, les fleurs, les insectes, les briques et les ponts, on a tout refait. Et on a oublié qu'un jour, on était partis. Et maintenant, il dit que quelque chose s'est réveillé dans les profondeurs de ce sol, ce sol qui n'est *pas à nous.* Quelque chose qui ne veut pas de nous ici et qui a décidé de déployer ses filets. Lentement, pour qu'on s'habitue à sa présence. Comme le chasseur qui observe la biche dans la clairière. Il s'approche. Un pas. Silence. Un pas. *Tu vois, je suis juste là, je ne fais rien. Je pousse, tranquillement, mais je ne fais rien. Rien. Je suis. Là. Tu ne me remarques même plus. Tu t'es habituée, tu m'as accepté.* La nasse grandit et on ne se rappelle plus qu'un jour, elle n'était pas là. Et quand elle a déployé ses tentacules jusqu'à nous recouvrir de son couvercle végétal, *clac*! Comme une gigantesque main qui replie ses doigts en un poing serré autour d'une coquille de noix. On n'aurait jamais vu ça sur notre bonne vieille planète, c'est ce qu'il dit, le vieux. Alors, je lui ai demandé pourquoi, selon lui, c'étaient les humains qui avaient déménagé. Je lui ai dit, ne suffit-il pas que les parasites de votre histoire soient venus s'installer ici ? Eh bien, il ne m'a jamais répondu.

Jan hocha la tête.

– C'est vrai qu'il a un grain.

*

Ana tapotait nerveusement son stylo sur la table. Sa fille leva les yeux, son regard passa à travers elle comme si elle était de verre et se posa loin, loin du jardin. Mais cela suffit. Ana posa son stylo, l'air de s'excuser. Le soleil était bas dans le ciel. Silvio n'allait pas tarder à revenir de chez Jan. Il faudrait bientôt se lever, quitter l'îlot d'herbes calmes. Rentrer *dans la maison.*

Quand Silvio tourna le coin de la rue, le piano résonnait sur le trottoir depuis plusieurs heures. Il semblait que les morceaux jetés par la fenêtre s'étaient entassés toute l'après-midi dans l'allée, le vent peinant à les disperser. Ils rebondissaient sur les façades de brique jusqu'à ce que leur thème s'essouffle. Cela faisait un drôle de mélange. Le jeune garçon repensa au grain du voisin d'en face.

Il trouva sa mère réfugiée avec Solène à l'ombre du jardin. Là, parmi les buissons de graminées et les essaims de champignons, la musique ne les avait pas poursuivies. L'une corrigeait, l'autre étudiait. Les deux arboraient une mine sombre, inhabituelle seulement chez l'une.

Devant son visage interrogateur, sa mère l'éclaira :

– La commission réticulaire a remis sa décision. Vu les circonstances, ils ont voté pour l'abandon de la construction du réseau. Il ne faut pas le déranger. Il est d'une humeur noire.

Ana s'inquiétait. Pas pour elle, ni pour son mari, mais pour ses enfants. Pour la première fois, elle percevait des cris de rage derrière les mélodies. C'était beau et terrible à la fois. Stupide réseau. Mais au fond, elle se doutait que, projet ferroviaire ou pas, l'esprit de son mari s'effondrait sur lui-même depuis un moment. Comme le sporophore qui attend patiemment de s'enraciner avant de se révéler, songea-t-elle. Et s'il pousse là, c'est que toute la zone est désormais parasitée.

Qu'est-ce que je vais faire ?

*

Le lendemain, lorsque Silvio rentra de l'école et Solène de l'université, le piano n'était plus là. Le père non plus.

Quelque part au nord du continent, dans une ville cuite par le vent et le soleil nommée Fleuve-la-Vivace, un immeuble s'écroula.

Le jour où Solène obtint son diplôme, toute une rue de la Capitale s'effondra comme une rangée de dominos.

Le jour où Silvio embrassa une fille pour la première fois, les tunnels de la Souterraine se remplirent brusquement d'un torrent d'eau sombre et froide et quelqu'un, quelque part, eut l'idée de construire une tour.

Iris avait des boucles noires sur une tête bien faite. Elle sentait le chewing-gum à la cerise dans le vent froid de novembre.

4

Au soir du troisième jour, la voie ferrée s'arrêta. Décapitée là où les travaux s'étaient arrêtés, des années auparavant. Je m'y attendais et pourtant, j'eus l'impression qu'on venait de trancher la veine de fer qui me reliait à mon foyer. À partir d'ici, la carte que j'avais emportée peinait à représenter ce que mes yeux voyaient. J'entrepris donc de l'annoter, cela me tenait à cœur de remplir les vides. Dans l'espoir d'un retour ?

Cette question m'amena encore une fois à spéculer avec Jan sur la suite des événements.

Les mots de mon père me revinrent en mémoire alors que je traçais maladroitement quelques indications : « Un bon urbanologue tire sur le fil de l'histoire humaine en observant les lignes du paysage. Les routes sont des alliances, les murs sont des guerres et les idées s'encastrent dans la trame urbaine. La mémoire collective repose dans les plis du monde que des générations d'hommes ont sculptés avant nous. »

Lui aussi, il en faisait toujours trop.

Mes connaissances en urbanologie se limitaient à quelques phrases d'un illuminé dont je partageais les gènes. Cependant, l'affaire était claire : la construction du réseau s'était arrêtée. Elle n'avait pas été enrayée par la progression de racines d'ailantes et de bouleaux ; elle n'avait pas subi l'attaque des lichens. Ce n'était pas la victime d'un sinistre végétal. Non, un jour, le rail suivant n'avait pas été posé, tout simplement. Les hommes avaient abandonné le grand réseau qui devait les relier.

Tandis que je me faisais cette triste réflexion, je remarquai un petit tas visqueux couleur feuille-morte, respirant imperceptiblement à l'ombre du dernier rail. Je me penchai pour l'observer.

– Tu te souviens du jour où tu as voulu adopter un crapaud? demanda ma mère tandis que j'examinais la bestiole.

Je ris.

– Non, raconte-moi encore une fois.

Je me redressai et m'enfonçai entre deux rangées d'arbres droits et réguliers comme des fourchettes. Un oiseau s'effraya lorsqu'une brindille craqua sous mes pas. Il s'envola doucement.

Adèle.

Je m'obligeai à penser ailleurs.

*

Il y avait l'Est.

Il y avait l'Ouest.

Et il y avait toutes les nations du continent.

Les Autres étaient d'abord devenus l'Est et l'Ouest, peu après la fermeture des frontières aériennes et maritimes. Lorsque les sporophores étaient apparus, lorsqu'ils avaient augmenté en nombre comme en taille et qu'il était devenu évident que leurs myceliums avaient infiltré toutes les couches sédimentaires du continent, ils avaient pris peur. Il s'agissait seulement des prémices du printemps continental, mais avec le recul de tout un océan, l'Est et l'Ouest avaient déjà pu percevoir que les choses ne s'arrêteraient pas là. Ils avaient eu raison. Un seul champignon produisait jusqu'à dix milliards de spores. Celles-ci se dispersaient au gré du vent sur de larges étendues. Lorsqu'elles rencontraient un obstacle, une faille, une rainure, voire un peu de substrat, les jours de chance, il leur suffisait d'un rien pour se développer – quelques minéraux égarés. Ces spores continentales constituaient le socle fertile sur lequel toutes les couches végétales étaient libres de se déposer et de prospérer. Sans parler des difficultés respiratoires engendrées par les taux de spores en suspension dans l'air de nombreuses villes. Elles étaient terriblement allergènes.

Il avait fallu réfléchir aux moyens de bloquer leur propagation. Était-il possible que le vent salé les charrie sur des milliers de kilomètres ? Qu'elles traversent la barrière maritime dans l'estomac d'un marsouin ? Ou plutôt, qu'elles restent collées à la semelle d'un voyageur intercontinental ?

Dans le doute, aucun avion ni navire issu de n'importe quelle nation centrale n'avait plus l'autorisation d'approcher les côtes de l'Est, jusqu'à ce que les choses soient tirées au clair. L'Ouest avait suivi. Et ainsi, une multitude de peuples se diluèrent les uns dans les autres sur ces deux terres émergées.

Il y avait l'Est.

Il y avait l'Ouest.

Et il y avait le continent central.

Au début, on se tenait au courant. Presque par politesse. Comment vont vos forêts ; elles ont bien grandi depuis la dernière fois ; que donnent les dernières analyses fongiques ; toujours pas de concentration anormale de spores chez vous, non, tant mieux.

Mais la peur et la distance, peu à peu, rongèrent les liens tissés par des centaines d'années d'interaction.

Jan, qui était né à l'Est et n'en gardait aucun souvenir, sinon une profonde nostalgie, s'était lamenté en percevant les fils invisibles reliant les trois masses continentales, rompus les uns après les autres. Les voyageurs. *Clac.* Les produits importés. *Clac.* La littérature étrangère. *Clac.* Le partage des cultures. *Clac.*

Lorsque les premiers bâtiments commencèrent à s'effondrer dans le Nord, à Fleuve-la-Vivace, la peur se mua en terreur. L'Est et l'Ouest choisirent de fermer définitivement leurs yeux et leurs oreilles. Ils craignirent un exode des continentaux cherchant à fuir vers des terres moins… sauvages. Juste avant de se couper du monde, l'union des deux lança un avertissement : n'importe quel engin aérien ou maritime d'origine centrale serait abattu sans sommation. Aucun radeau, aucun ballon-sonde d'apparence innocente ne pourrait pénétrer leur zone littorale. Les risques de contamination étaient trop élevés.

Ainsi, un grand silence s'abattit dans le ciel. Les transmissions vidéo. *Clac.* Les transmissions radio. *Clac.*

Bientôt, l'Est et l'Ouest fusionnèrent, dans les esprits et les représentations. Ils devinrent les Autres. Quant à leurs gentilés d'origine, si beaucoup se les rappelaient encore, plus personne ne songeait à les utiliser. Sans voir, sans entendre, sans échanger ni partager, comment savoir si les souvenirs correspondaient à la réalité ? Comment parler de quelque chose qui n'existait plus que dans le passé ? Pour celui qui devient aveugle, il n'y a plus de table, de mur, de banc et de boîte aux lettres de la voisine. Il ne reste que des coins et des obstacles. Des Autres. C'était comme ça. La multitude de pays qui les composaient s'était fondue en une masse étrangère. À quoi leur vie ressemblait-elle aujourd'hui ? Personne ne pouvait le dire. Ils étaient devenus des inconnus.

Peut-être les Autres étaient-ils en train de vivre, eux aussi, un grand printemps continental, avec une autre flore, d'autres spores. Cela semblait plausible. Mais dans ce cas, ils auraient dû reprendre contact avec les nations centrales. Peut-être avaient-ils oublié. Peut-être n'en voyaient-ils pas l'intérêt.

Cette pensée déchirait le cœur de Jan plus qu'il ne voulait l'admettre.

Cela faisait dix-sept années qu'il était né quelque part en Est. Neuf depuis la dernière fois qu'il avait rendu visite à sa grand-mère paternelle. Sept depuis que celle-ci était devenue une Autre, silencieuse et invisible.

Ses amis n'ignoraient rien de cette idée fixe.

– Jan est à l'ouest, répétait Noah chaque fois que son ami avait la tête ailleurs. Il rêve encore aux Autres.

– Oh, si tu veux plaire à Jan, c'est facile, blaguait Julia. Il suffit de ne pas donner de nouvelles pendant une petite dizaine d'années. Et si tu le menaces de mort au moindre rapprochement physique, c'est encore mieux.

– Riez ! répondait Jan d'un ton théâtral. C'est que je suis plus grand que vous tous – et c'était vrai qu'il les dépassait d'une tête. Bientôt, vous aussi, vous vous sentirez à l'étroit sur ce continent. Il vous semblera un peu plus petit chaque jour et comme moi, vous aurez soif d'étrangeté. Vous le verrez tel qu'il est : une prison de branches et de racines.

Silvio ne riait pas. Il connaissait la douleur d'être amputé d'une présence.

Mais là où Jan voyait les barreaux de bois d'une cage, Silvio discernait les montants d'une échelle. Un moyen de s'élever, loin des marais troubles et des pavés fumants qui faisaient le lit des rues de Vervilles. Parfois, il avait la sensation d'être encore l'enfant chasseur de lichens. Il en comprenait la vie riche et immobile. D'autres jours, il y contemplait la promesse des ravages à venir. Mais cela, il n'en parlait pas.

De ce fait, on disait de Silvio qu'il voyait la beauté dans les moisissures les plus voraces. Qu'il pouvait bavarder des heures, mais que sa patience se mesurait en années. Qu'il avait seulement besoin d'un peu de monde à observer ; et que son insouciance lui jouerait des tours.

Silvio ne les détrompait pas. Mais il savait, au fond, qu'il n'était qu'une somme. Une compilation des autres. Il le savait car, chaque fois que quelqu'un le quittait, c'était un bout de lui-même qui s'envolait ; le laissant, pour quelque temps, bancal. Chaque départ lui ôtait quelque chose d'une forme et d'une taille imprévisibles. Il avait fini par comprendre l'imprudence de compter sur les autres pour se composer : les gens ne restent pas. Si l'on n'y prend pas garde, un jour, on se retrouve le corps transpercé de courants d'air. Malgré tout, il se remplissait par tous les moyens, et surtout des autres. De leurs manies. De leurs mots. De l'intelligence brûlante et de la joie qui déborde. Des yeux profonds comme des trous noirs. Des sourires amusés, des rires glanés. Des pensées qui voyagent. Des regards en coin des filles. Ceux qui rayonnent et ceux qui embrasent. Des mains qui dansent pour expliquer, des paroles toujours justes d'Emilio, du ton cynique de Julia, de la grâce d'Adrienne quand elle marchait sur les mains. De la laideur et de la folie. De fragments de conversation happés au hasard. Il absorbait tout. Il collectionnait les miettes des autres pour se sentir un peu moins vide. Et ils n'y voyaient que du feu. Jamais, jamais les gens ne pourraient dire de Silvio qu'il était creux.

Lorsque Solène était partie, c'est une brique qui lui avait été retirée de l'abdomen. Quelque part près du lobe inférieur du poumon gauche. À compter de ce jour, désaxé de sa colonne vertébrale, percé en plein centre de gravité, Silvio avait adopté une posture légèrement penchée, comme si la pesanteur avait décidé de le tirer un peu plus par le bras gauche que par le droit.

– Redresse-toi, disait sa mère. Si tu pousses tordu, on m'accusera de t'avoir mal cultivé.

Silvio aurait voulu répliquer qu'avec un trou pareil dans le bide, elle-même aurait été incapable de se tenir droite ; en fait, elle se serait affaissée davantage, car elle était moins solide que lui. Il le sentait. Ana se serait recroquevillée comme une feuille morte, enroulée autour de la chair évidée pour protéger la cavité du vent et de la pluie. Mais il n'essaierait pas de le lui expliquer, pour la brique sous le poumon gauche. Il ne voulait pas qu'on le prenne pour un fou. Et surtout, il ne voulait pas apprendre qu'il l'était.

Personne d'autre ne lui reprocha ces degrés de différence avec la verticale. En fait, il arriva ce qui se produit lorsque vous

vous mettez à regarder les gens avec un visage légèrement penché et un air grave parce que vous pensez à la brique manquante de votre sœur : ils se figurent que vous êtes une oreille attentive. Et si l'on pense que vous écoutez bien, vous finissez par entendre mieux.

Son père, c'était la première couche de son épiderme, la plus fine, la plus importante. Celle qui ne se voit pas, mais qui tient chaud lorsque le cœur est froid. Celle qui ne protège rien, mais supporte tout. Le premier rempart. Lorsque son père était parti, cette peau fantôme avait volé en éclat. Laissant la chair à vif. Désormais la moindre brise le faisait frissonner jusqu'aux os.

Bien entendu, les cellules cutanées repoussent. Ce derme invisible aussi. Mais cela prenait du temps, cela laissait des marques. Un fin réseau de cicatrices aussi fines et discrètes que des toiles d'araignées. Les gens ne voyaient rien, mais ils percevaient, souvent. Cela se devinait à leur façon de dire avec les yeux *Ah, c'est donc ça*, lorsqu'ils apprenaient pour son père. Avec les yeux tristes de ceux qui ont compris pourquoi le gamin a l'air un peu… *comme ça*. Les gens pensent trop fort, souvent.

*

– Madame ? Tu penses qu'on verra des Autres, un jour ?

Ana se retourna et sourit.

– Oui, j'en suis convaincue. Peut-être pas moi… mais toi, oui.

– Tu penses qu'ils seront contaminés par nos spores ? Et alors, on aura le droit de quitter le continent ?

– Non. Je pense qu'un jour – pas tout de suite – mais un jour, quand tu seras grande, les Autres auront moins peur. Alors, ils reprendront contact. Ils viendront jeter un œil sur le continent et cet œil leur dira que nous nous sommes adaptés. Que nous avons construit un autre monde et que nous y sommes très, très heureux. À ce moment-là, ils seront jaloux de nos terres si vivantes et ils débarqueront ici d'eux-mêmes… pour venir chercher nos spores continentales.

À quelques mètres de là, Silvio roula des yeux en silence. La présence des enfants exacerbait les rêveries de sa mère. Il était occupé à gratter, arracher, retirer l'excédent organique qui n'avait pas sa place dans une salle de classe. Comme le mois passé. Comme le mois suivant. Au printemps, le travail était encore pire, et la saison semblait grignoter de plus en plus de jours au cours d'une année.

Pendant longtemps, il n'était venu que quatre fois par an comme arracheur, mais cela ne suffisait plus. Tous les bâtiments publics devaient être certifiés classe 1 et lors de la dernière évaluation, celui-ci frôlait la classe 2. L'école employait une armée d'une dizaine d'arracheurs. La plupart étaient, comme lui, des connaissances de l'équipe enseignante en mal d'argent de poche. C'était un boulot désagréable, non seulement pour le dos, mais aussi pour l'impression d'écoper un navire en train de couler, avec le creux de ses mains pour seul récipient. L'année prochaine, il ne reviendrait pas comme arracheur. Avec le début des cours, il n'aurait plus le temps.

Malgré tout, Silvio appréciait son heure de travail dans la classe de sa mère. Il aimait la voir s'agiter parmi les jeunes élèves, entendre le sourire dans sa voix. Lorsque le collège où elle enseignait avait fermé pour insalubrité, Ana avait tenu bon. Quatre mois plus tard, lorsque le troisième étage s'était effondré sur le deuxième, il était devenu évident que les travaux de réfection n'auraient pas lieu. La bâtisse ne serait pas reconstruite. C'était le collège le plus vétuste des quatre établissements secondaires que comptait Vervilles, et il se vidait un peu plus chaque année, au gré des exodes.

« Nous n'avons pas de poste disponible », lui avait-on dit partout. « Tu es trop vieille », avait-elle entendu. Qu'importe, la place d'assistante dans le primaire qu'elle avait fini par décrocher lui avait rendu sa carapace d'optimisme.

La consigne de l'heure était : « Comment imagines-tu la vie des Autres ? Décris en quelques phrases et illustre. »

Ana se rappelait bien l'Est et l'Ouest. Elle les avait visités à de nombreuses reprises, dans une autre vie. Mais ces enfants n'avaient que des bribes de fantasmes de la réalité des Autres. Il faudrait qu'elle leur raconte. Demain, peut-être.

Elle passa entre les bancs. Partout sur les dessins se déclinaient les couleurs d'un ciel orageux. Gris, noir, bleu nuit. Des colonnes quadrillées. Des forêts de gratte-ciel. Des lignes droites et des carrés tracés à la règle. Et là, ce qui ressemblait à un temple de l'Est – l'enfant devait avoir de vieilles images historiques en mémoire.

Bien entendu, ils étaient censés savoir. On leur avait appris que chez les Autres, il y avait aussi des jungles, des champignons, des rosiers dans les jardins, des cerisiers dans les rues et des champs de mauvaises herbes. On leur avait montré des films et des livres, ils avaient vu des images de toutes les choses extraordinaires qu'on ne trouvait que sous certaines latitudes. Mais dans l'esprit d'un enfant, le monde est coupé en deux. Il y a ceux qui habitent un îlot au milieu des fougères et il y a les Autres qui vivent au sommet de tours de béton gris bien propres.

Comment auraient-ils pu concevoir que la réalité des Autres se reflétait dans leur passé à eux ? Que leurs parents avaient vécu dans des villes semblables où le gris l'emportait sur le vert ? Pour des enfants de sept ans, c'était inimaginable. Ce n'était pas le monde qu'ils connaissaient : celui où les adultes se démenaient pour déménager leur famille d'une classe 3 à une classe 2 ; celui où les plus malchanceux ne quittaient jamais leur classe indéterminée. Qu'il faille s'inscrire sur une liste d'attente pour remplacer un carreau cassé, ce n'était pas nouveau. Que la maison de la prof de gymnastique ait implosé en avril dernier, c'était comme une jambe cassée : ça arrivait. Maryam avait vécu des semaines avec un trou béant dans sa toiture, par lequel elle apercevait le ciel depuis sa cuisine. Quantité de dessins d'élèves lui étaient parvenus : madame Maryam sur un tas de gravats, ou dans son salon couvert de tuiles et de plâtre ; madame Maryam avec son marteau en train de construire un nouveau toit de toutes les couleurs.

Parfois, Ana s'en voulait d'être nostalgique d'un confort matériel que les nouvelles générations ne verraient jamais. Mais qu'aurait-elle donné pour se rendre au cinéma comme à vingt ans, avec des sièges rouges sans moisissures et une odeur de pop-corn ; se balader dans une avenue parfaitement pavée et enneigée – *oh, la blancheur de la neige !* – et dépourvue du bourdonnement incessant des moustiques. Des murs secs et un air léger. Le sentiment d'être en sécurité *physique* à chaque instant.

Surtout, presque pas de vert.

Et tant qu'à rêver, des gens qui n'auraient pas peur d'habiter au quatrième étage, ou aux confins de Vervilles avec vue sur les bois, qui ne déserteraient pas les rues les plus anciennes pour cause de verdure invasive. Les quartiers fantômes aux alentours des parcs, ça lui foutait le cafard.

L'o-vert-dose.

Silvio la tira de ses pensées d'un geste de la main. Il articula silencieusement qu'il avait terminé et qu'il passait à la classe suivante. Il avait débarrassé le plancher de toutes les mauvaises herbes qui poussaient entre les lattes, gratté les lichens sur les rebords de fenêtre, arraché la colonie de champignons sous l'évier. Pour le plafond qui se colorait de taches foncées au fil des années, on ne pouvait rien faire.

Se rappelait-il seulement qu'il n'y avait pas d'arracheurs lorsque lui-même allait à l'école primaire ?

La normalité est contagieuse de génération en génération, songea Ana. Chacune naît sous un nouveau standard qui fait foi. C'est facile de se souvenir quand on peut regarder quarante ans derrière soi. Mais pour chaque nouvelle génération, percevoir la différence prenait toute une vie. Pas étonnant que les plus jeunes ne voient pas le problème : il n'y a pas de point de comparaison quand on a vécu seulement sept printemps. *Oui, Madame, tout est très vert, mais ça a toujours été comme ça par ici, je m'en souviens !*

*

À la fin de la journée, Ana et Silvio se retrouvèrent devant l'école et marchèrent jusqu'à l'arrêt de bus situé à un kilomètre. Les rues empruntées par les transports en commun et les véhicules à roues suivaient un quadrillage précis nettoyé régulièrement par les désherbeuses. Un entrelacs de ruelles déchirées constituait la circulation secondaire des piétons en dehors de ces artères entretenues et, par temps clair, la marche y était agréable. Il suffisait de se pencher pour cueillir des champignons et des herbes aromatiques – mais pour les baies sauvages, il fallait se lever plus tôt que les autres. Dans les derniers rayons du jour, leur chemin se nimbait d'une lueur paisible. Les jeunes pousses de saule et de peuplier, qu'on s'était lassé d'arracher, ne menaçaient pas encore d'éventrer la route de leurs racines. D'énormes champignons blancs et doux crevaient les trottoirs, serrés les uns contre les autres comme une famille dont les parents avaient la taille d'un gros chat. Le bryum argenté sourdait entre les pavés comme de l'écume. Même les rangées d'immeubles vides prenaient des allures de forteresses crachant des oriflammes de lierre par leurs carreaux cassés. La soirée promettait une de ces nuits où la chaleur accumulée s'exhale par volutes odorantes de boue et de soleil.

Lorsqu'ils tournèrent le coin de leur rue, Ana se tendit. Un parfum plus sauvage qu'à l'accoutumée grésillait dans l'air.

– Qui est parti ? demanda-t-elle au voisin d'en face – celui qui avait un grain. Il faisait prendre l'air du soir à ses vieux os dans l'allée embourbée de colchiques, malgré les spores qui lui faisaient crachoter ses poumons.

– Ceux du numéro 53. J'les ai jamais sentis ceux-là.

Le vieux se mit à tousser et la mère et le fils se regardèrent, une expression soucieuse sur le visage. Un départ de plus, une maison vide supplémentaire. Une proie facile pour l'appétit des champignons. Il fallait s'y attendre, la famille de cinq personnes habitait une classe indéterminée depuis près de trois ans.

Le problème, c'était surtout l'hiver. La maison délaissée ne serait plus chauffée ni entretenue, les joints se rempliraient de matière organique, et personne ne serait là pour l'en déloger. Ce ne serait pas la première fois que janvier se révélerait implacable. Durant cette parenthèse glacée où rien ne poussait, le froid s'engouffrait dans les structures abandonnées pour les faire craquer de part en part.

Si la température connaissait d'importantes variations cet hiver, les tensions naissantes dans les murs et les planchers du numéro 53 seraient fatales bien avant les champignons. À moins que les canalisations n'explosent en premier, noyant les fondations. Dans les deux cas, il fallait espérer que la maison sacrifiée n'entraînerait pas ses voisines dans son naufrage.

5

– Tu penses qu'elle sera contente de me voir ?

– C'est certain, répondit ma mère. Pendant une dizaine de minutes. Après ça elle te rappellera qu'un jour, tu as mis le feu à son tapis et te demandera quelle bêtise tu comptes faire là-bas.

Je souris. C'était probable. Les mots se précipitèrent entre mes dents pour ne pas flotter trop longtemps dans l'air :

– Et… Adèle ?

Jan, à qui la question s'adressait, me jeta un coup d'œil furtif et regarda au loin sans répondre. Je savais ce qu'il pensait, évidemment.

Je me retournai et plissai les yeux pour tenter d'apercevoir les vestiges du réseau ferroviaire, loin à l'horizon. Le soleil ricochait sur les fins serpents métalliques de la voie ferrée. On la distinguait à peine dans les champs d'orties. L'image d'une longue colonne vertébrale rouillée me fit frissonner.

Quitter des yeux ce réseau de métal signifiait que la suite du périple se déroulerait loin de toute activité humaine, mais pas des mauvaises rencontres. Tous mes sens seraient en éveil tant que je n'aurais pas laissé derrière moi ce morceau de carte vierge et sauvage qui me séparait encore de la Capitale.

La forêt Cree guettait. L'homme avait cessé d'être l'animal le plus dangereux pour l'homme.

*

Jan se passionnait pour trois choses : les voix, les livres et les Autres.

Adèle aimait lire, elle avait une jolie voix, et savoir qu'elle ne verrait probablement jamais un Autre de sa vie lui importait peu. Mais les deux premiers points avaient suffi pour esquisser une amitié. Elle débarquait de Brumaide pour étudier l'anthropologie ; ils s'étaient rencontrés devant le dernier exemplaire d'*Histoire contemporaine* à la librairie universitaire. Adèle l'avait emporté. Elle n'avait pas tardé à faire la connaissance des autres : Mae, Julia et Emilio, puis Noah, Adrienne et Silvio. Adèle avait un avis sur tout et le gardait pour elle. Souvent, ses mains et ses yeux s'exprimaient bruyamment, mais comme c'était une langue que personne ne parlait, ce n'était pas très utile.

La première fois qu'elle avait effectué le trajet jusqu'à Vervilles, elle avait pris l'avion. Parfois, elle tentait de se rappeler les sensations, l'estomac qui monte dans la gorge, les vibrations sous le siège et l'odeur de l'aérodrome. Elle ne voulait pas oublier. Les deux rentrées suivantes, après un été dans les rafales salées des falaises de Brumaide, elle était venue en rectilien. Le voyage lui avait semblé infiniment plus long ; ou peut-être que cette fois, elle avait hâte d'arriver.

Cette année, Adèle était restée. L'été familial attendrait. Les voies du rectilien s'étaient décrochées en plusieurs endroits au cours d'un printemps particulièrement agressif. Les délais étaient devenus interminables et les voyageurs restaient bloqués parfois plusieurs jours en gare. Les prix avaient flambé. Les voies avaient été désencombrées jusqu'à la Capitale, mais rallier ensuite Brumaide était plus incertain. La fréquence de passage avait été divisée par trois. En période estivale, les voies du rectilien étaient pareilles à des points de suture dont la couture sautait régulièrement, à différents endroits, dès qu'une tension naissait. La recoudre prenait du temps et de l'argent. Voyager en hiver, lorsque plus rien ou presque ne bougeait, était plus facile. Mais aujourd'hui, Adèle regrettait de n'avoir pas tenté le coup quand même pour rejoindre sa ville natale.

Tout lui manquait.

Le gris, le bleu, le blanc. La mer, le ciel, les roches calcaires. Les cris des oiseaux marins et le murmure des vagues. Même l'odeur des algues. Même sa petite sœur, qui avait un jour enfermé une mouette dans le placard de sa chambre, et même la plus grande, qui l'y avait aidée. Même ses deux parents qui avaient ri, tellement ri, ce jour-là.

Ici, la ville se teintait de vert et d'ocre. Rien n'était sec et froid. Tout se ressemblait – les places spongieuses ornées de bancs moisis qui s'effaçaient dans le désordre urbain ne lui offraient que peu de repères. Des cascades de vigne et des crevasses herbeuses, partout. Des allées chaudes et organiques, des mares de moustiques et le frôlement des chauves-souris dès que le soir tombait – elle ne s'habituerait jamais à la faune nocturne de Vervilles. Les nuits d'ici étaient noires et bruyantes.

Cela aussi lui manquait. Lorsque la nuit se levait sur Brumaide et que la ville côtière s'apaisait enfin, le claquement des vagues s'estompait tandis que le ciel se vidait de ses nuances jusqu'au noir d'encre. La masse sombre de la mer se tenait alors tranquille sous le spectacle de la voûte céleste déversant sa marmite d'étoiles au-dessus d'elle. Le ciel blanchissait par endroits tant il se gorgeait d'astres, et l'on avait peine à croire que quelques heures plus tard, les falaises de calcaire paraîtraient plus blanches encore, ivres de sel et de lumière matinale.

À Vervilles, tout était ridiculement grand, et la couverture végétale si haute que jamais le ciel n'offrirait un tel tableau nocturne. Brumaide croulait peut-être sous les algues et le lichen mais au moins, ils étaient d'une taille raisonnable. À son arrivée, Adèle était restée interloquée devant les fougères hautes comme des sapins, les mauvaises herbes qui la dépassaient d'une bonne tête dans certaines rues ou la bruyère qui culminait à près de quinze mètres du sol en bordure de la ville.

Un avion s'était envolé pour la dernière fois un an auparavant. Plus de pistes assez planes et dégagées pour permettre un décollage. Encore moins pour atterrir. Peut-être même plus l'envie de voler.

C'était absurde qu'elle ait pu prendre un avion pour venir assister à son premier jour de cours. Cela faisait partie d'un passé lointain ; pourtant, son arrivée, les rencontres, le début des cours et les premières fêtes, c'était hier seulement.

*

Adèle referma d'un coup sec le livre qu'elle avait en main et le rangea dans son sac. Elle sortit de l'atrium à grands pas, la tête bouillonnante. Elle était exaspérée. Le monde allait trop vite pour qu'on l'écrive. Ce qu'elle lisait dans les manuels était de l'histoire ancienne le jour où ils sortaient de l'imprimerie. Et les professeurs ! – ils étaient pires. Elle pensait pourtant qu'un vecteur d'informations qui pense et qui parle aurait eu une date de péremption plus éloignée qu'un livre de papier. Mais non. Ils s'obstinaient à aborder des théories et des concepts dépassés, tout en justifiant les lacunes par l'inertie de la recherche – *et puis, de nos jours, le savoir se transmet si lentement, vous savez, il arrive même qu'il se perde… alors, bon…*

En attendant, ce qu'elle apprenait en cours ne correspondait pas à ce qu'elle avait sous les yeux. Tout s'emmêlait dans sa tête et dans ses notes. Il lui semblait qu'étudier les dynamiques contemporaines à la lumière du monde tel qu'on le percevait deux ans auparavant n'avait plus de sens : l'histoire, aujourd'hui, était plus rapide que la société.

Elle ralentit l'allure.

Il faut combler ce décalage, se dit-elle. Désormais, les organisations sociales sont chevillées à l'évolution de l'écosystème dans son ensemble. Pour le meilleur et pour le pire. Il est idiot de ne pas considérer les deux de front, surtout quand il se passe autant de choses.

Elle s'arrêta.

C'était quoi, au juste, le meilleur ? Et le pire ? Et que se passait-il *vraiment* ? Tout le monde le savait. Tout le monde le voyait. Mais peu comprenaient.

Elle pivota sur ses talons et partit dans la direction opposée.

Ils virent Adèle arriver de loin. Elle marchait vite, signe que son esprit faisait de même. Ses longs cheveux châtains bondissaient au rythme de ses pas. Elle lâcha tout en vrac, affaires, idées, saluts, sur le tapis de trèfles au milieu du petit groupe. La fin du jour tombait, on lui tendit un gobelet de vigne, puis un deuxième, et elle oublia pourquoi elle était venue. Après tout, les autres venaient toujours sans raison particulière.

*

– Qu'est-ce qu'il se passe ?

Quelques heures avaient suffi pour attirer la foule habituelle et joyeuse des noctambules.

Silvio cligna des yeux. La musique, les rires. L'odeur de vigne et l'air qui pétillait. Assis entre Emilio et Mae, le flot des conversations l'entourait d'un brouillard chaleureux. Il ne pouvait s'empêcher de sourire. Ce soir, le soleil se coucherait tard et bien avant eux.

La question trouva un chemin jusqu'à ses neurones. Elle détonnait par sa précision, au milieu des torrents de paroles floues.

– Qu'est-ce qu'il se passe ?

Deux yeux qui reflétaient le ciel s'adressaient à lui. Enfin, peut-être. À ce stade, il était difficile de viser.

– Il se passe qu'il faut remplir ton verre, Adèle, dit Mae, presque par réflexe.

– Il se passe que demain on va se faire enterrer vivants si on ne rend pas le devoir d'analyse comparée, répondit Jan, qui se leva pour partir.

– Mais non, beugla Emilio. On se fera enterrer bien avant par un tas de fougères en manque de compost !

– Ouais, elles sont sur le point de se faire pousser un cerveau, je te jure.

– Pas si on les fume avant ! répliqua Noah en sortant son briquet.

Adèle partit d'un grand rire et sa question s'échappa. Presque.

Silvio la rattrapa in extremis car il avait compris. Mieux, il savait. Et il adorait raconter des histoires. Ou il aimait qu'on l'écoute, quelle importance ?

– Dans mon cours de biologie des organismes, on parle de recolonisation, commença-t-il d'une voix douce.

*

La plaine se vidait de ses étudiants à mesure que le ciel se remplissait d'étoiles.

Il y a des soirées où les conversations s'éparpillent en petits noyaux assis dans l'obscurité.

Il y a des conversations plus intenses que les autres qui tissent un monde de mots et d'idées, et pendant un temps, les créateurs de ce monde vivent dans l'ignorance de celui d'à côté. De ces univers parlés, il est difficile de s'extraire, tant les phrases et les regards s'enchaînent pour compléter quelque chose d'indicible et de précieux. Alors, on construit, jusqu'à ce que le sommeil ou le lever du jour provoque un silence qui détricote les paroles et les esprits. Ces mondes partagés, on voudrait ne rien en oublier, ni de leur substance ni de leurs autres bâtisseurs. Mais c'est au royaume de la nuit qu'ils appartiennent. Souvent, ils y restent.

Le monde d'Adèle et Silvio fut l'un des plus sombres jamais tissés sur la plaine, un soir de fête, à la belle étoile.

Il commença par le début. Il raconta les spores. Les spores qui voyagent par le vent et la pluie, s'immiscent dans les plus fins interstices et peuvent y survivre des milliers d'années ; qui s'insinuent plus loin encore en étirant leurs hyphes filamenteuses jour après jour. Certaines grandissent en formant des champignons microscopiques qu'on appelle moisissures, d'autres élaborent un pied, un chapeau, des lamelles, de toutes les formes et de toutes les tailles. D'autres encore s'associent avec une algue en une chimère qu'on appelle lichen.

Il raconta le règne fongique. Les champignons qui, ni animaux, ni végétaux, font partie des formes de vie les plus anciennes et les plus diversifiées ayant colonisé terres et mers.

Il décrivit ceux qu'on trouve à l'intérieur des hommes, sans lesquels on ne peut vivre. Ceux qui soignent. Ceux qu'on mange. Ceux qui rendent malades. Ceux qui tuent. Et ceux qui dévorent.

Il expliqua comment la plupart des champignons entortillent leur mycélium autour des racines d'autres plantes, grappillant ainsi les bénéfices de la photosynthèse en échange de quelques minéraux venus des profondeurs. Ces réseaux de mycéliums, invisibles et reliés, règnent sur l'écosystème souterrain.

Il raconta comment cette symbiose avait permis à de nombreuses plantes primitives de quitter les océans pour conquérir les continents, cinq cents millions d'années auparavant. Et comment l'existence d'un tel réseau mycélien peut multiplier par dix la croissance et la résilience des arbres qui y sont reliés.

Il raconta aussi l'eau.

L'eau qui s'infiltre et s'infuse. Les précipitations, les inondations, l'humidité de l'atmosphère. La pluie qui n'a pas oublié le chemin des anciens ruisseaux. Quand les citernes et les caniveaux s'encrassent et se désagrègent, les canaux naturels se réveillent et la ville ruisselle de marais.

Enfin, il raconta les spores continentales. Les centaines de nouvelles espèces répertoriées chaque année. L'évolution semée de hasards qui profitent à certains et dévastent les autres. L'émergence d'une série de spores invasives, résistantes, prêtes à engendrer l'apogée du monde végétal et fongique.

Et il exposa comment l'alliance des trois était en train d'accélérer la lente reconquête des cités. Comment un monumental processus de recolonisation s'était mis en marche. Et comment, aujourd'hui, on ignorait tout de son commencement ou de sa fin. Mais on pouvait témoigner de ses ravages.

Sous les moisissures qui s'accrochent aux murs et aux colonnes, des filaments d'hyphes se développent. Ils décomposent toute matière à proximité. Ils se nichent autour des clous, dans les murs imprégnés d'humidité; leur acide organique corrode l'acier des armatures. Et l'épidémie de rouille au creux des structures se propage, jusqu'à ce que l'ossature ploie sous les tensions internes.

Il y a des champignons plus voraces que les autres. Ceux qui dévorent. Leurs racines, épaisses et torsadées, forment un mycélium qui s'insinue au cœur des maçonneries jusqu'à les perforer.

Rien ne résiste aux dévoreurs. Le mortier s'effrite. Les fondations s'écroulent. Et la mort des structures entraîne celle de leurs habitants.

À la moindre fissure, les spores s'engouffrent, suivies des graines de cyclamen ou d'ailante, charriées par le vent. Celles qui ne sont pas bouchées à temps s'élargissent sous l'effet des jeunes pousses, jusqu'à provoquer une brèche dans le mur, le pont ou la chaussée. Et même si les envahisseurs, sans cesse repoussés, perdent une bataille, ils gagnent du terrain.

De la difficulté d'évaluer cette guerre invisible était née la classe indéterminée. De nombreuses bâtisses y restent tout au long de leur déclin – elles voient souvent leurs occupants déclarer forfait avant l'heure.

Et Silvio raconta comment, au bout du compte, une végétation féroce et déterminée s'insinuait lentement dans chaque recoin de chaque ville aussi sûrement que si celle-ci s'était retrouvée à l'abandon.

Adèle était effarée.

– Tu veux dire… Comme si les hommes avaient… comme si on n'était plus là ?

– On peut le voir ainsi, acquiesça-t-il. La conquête végétale d'un territoire abandonné, cela s'appelle une recolonisation. Tout se passe comme si la nature avait enclenché le scénario « Disparition des humains : je pousse partout, je me plante partout. En avant pour recréer la forêt primaire sans ces cons d'humanoïdes. »

– Mais on est toujours là ! protesta Adèle, on n'a pas disparu, on n'est jamais partis !

– Visiblement, elle s'en fout.

La jeune fille était perplexe.

– Je ne comprends pas. Des siècles durant, l'espèce humaine a arraché les mauvaises herbes. Comment en sommes-nous arrivés à la situation inverse ?

– Ce sont des phénomènes naturels qui se déroulent depuis toujours, c'est vrai, répondit Silvio. Et pourtant, aujourd'hui, ils nous menacent. Ce qui se déroulait sur des échelles séculaires se passe maintenant en quelques années. Mais est-ce que tout pousse plus rapidement ? Ou bien sommes-nous devenus plus lents ? On peut se demander comment on faisait, avant, pour empêcher toute cette vie de prospérer. La vérité, c'est qu'on ne sait pas. Ça paraît absurde, mais c'est la dose qui fait le poison. Ceux qui n'ont subi que la pluie ne pourraient pas comprendre que dans l'eau de tout un océan, il est possible de se noyer.

Le silence les enveloppa. Le temps flottait. Adèle déchirait mécaniquement des brins de chicorée sur ses jambes croisées, l'esprit troublé. Silvio reprit :

– Je ne sais pas si on aurait pu l'éviter, ou même le prévoir. Certaines spores survivent des dizaines de siècles dans l'attente de conditions climatiques favorables. Ensuite seulement, elles se développent, parfois très longtemps après la génération qui les a engendrées. Cela faisait peut-être un moment que le monde végétal attendait à la lisière de nos villes.

– Cela n'implique pas que ce soit la fin pour nous, murmura Adèle.

Silvio hésita.

– Je pense qu'à partir du moment où les hommes ont fui les forêts devenues hostiles, ils ont perdu.

La jeune fille leva les yeux au ciel.

– Les choses sont rarement aussi simples et définitives. Tu le sais mieux que moi, l'évolution entière est une histoire d'allers-retours.

Silvio se tut un instant avant de répondre :

– Tu as raison. Mais il y a un point de non-retour où la vie entraîne la vie, quoi que tu fasses. Chaque hiver amène davantage d'inondations et une nouvelle génération de pins des marais pousse sur les terres détrempées. Ces arbres gorgés d'eau sont pyrophytes ; nos forêts ne brûlent pas. Leur bois pousse plus vite au sud que ce qu'on a le temps d'abattre au nord. Et il y a trop d'étendues sauvages pour qu'on puisse avoir un œil partout. Alors, il faut se concentrer sur l'élagage de ce qui compte. La périphérie des villes et des villages. Les routes qui mènent des uns aux autres. Les surfaces cultivées.

– Ce n'est pas parce que c'est différent que c'est dangereux. Je me dis que… Il suffit de trouver un nouvel équilibre.

– Je ne sais pas. Peut-être. Le truc c'est que, quoi qu'il arrive, retrouver une situation stable, ce n'est plus vraiment possible. Nos maisons sont devenues fragiles en même temps que la société. Chaque événement géologique ou climatique a aujourd'hui des conséquences bien plus dramatiques. Une faible secousse sismique, une tempête venue du grand Nord, et c'est un immeuble qui s'effondre, une façade qui se décroche, un pont qui s'écroule.

Mon père dirait qu'il n'y a que des mauvais ingénieurs. Mais ma mère affirme qu'il y a trente ans, les mêmes constructions auraient tenu bon.

Adèle ne sut quoi dire. Silvio ne mentionnait jamais son père.

Elle songea à l'ouragan qui avait rincé toutes les terres du Sud, six ans plus tôt. Des villages entiers inondés, des quartiers arrachés de leurs collines. Des centaines de morts. Elle n'avait pas le souvenir qu'un lien avec le grand printemps continental ait été soulevé à l'époque.

Un frisson la parcourut. Elle aurait voulu se lever, parler d'autre chose, échapper aux yeux noirs de Silvio et à l'angoisse de la nuit. Mais elle resta.

Silvio ne s'aperçut pas de son trouble. Le regard vide, perdu dans le ciel nocturne, il continua, davantage pour lui que pour Adèle :

– Bientôt, j'imagine que plus aucun humain n'osera s'aventurer dans le cœur embrumé des forêts primaires. L'homme de demain se retranchera dans des citadelles urbaines, il se gardera de quitter les sentiers bien tracés et les clairières urbanisées. Si on les laisse pousser, les frênes et les pins des marais culmineront à quarante-cinq mètres. Partout où l'homme ne sera pas, la tourbe et la mousse recouvriront les sols pour le prochain millénaire. Le continent entier se tapissera d'une couche organique de matières en décomposition, plus épaisse d'un centimètre à chaque décennie. La diversité sera incroyable. Des milliers d'espèces de mycètes, de vers et de bryophytes. Des grands prédateurs qui ne verront jamais un humain de toute leur vie. C'est beau et terrible, non ?

D'une voix rauque et monocorde, il ne s'arrêtait plus :

– L'empire qui contrôle tout cela reste invisible. Les plantes meurent, se décomposent et favorisent la croissance des mycètes. Différents stades de mort et de vie, chacun entraînant l'autre. Les champignons sont toujours prêts à conquérir de nouveaux territoires. Ils sont affamés et ils n'arrêteront jamais de dévorer. Toutes les constructions humaines ne sont que de vastes composts pour eux. Ils ont toujours été les systèmes digestifs du monde vivant. Ils sont en train d'avaler les villes. Ils sont bien partis pour digérer la civilisation tout entière. Parfois, je me demande si…

Il s'interrompit. Adèle avait l'air bouleversée.

Silvio se sentit désemparé. Un silence recouvrit la plaine, quand bien même les discussions autour d'eux n'avaient pas cessé.

Adèle se leva sans dire un mot et partit. Elle rentra droit chez elle, ses yeux se posant sur le chemin sans le voir. La vue brouillée d'une infinie tristesse qu'elle ne s'expliquait pas.

*

Cette nuit-là, Adèle dormit très mal.

Engluée dans les cauchemars et les réveils, elle vit des champignons pousser comme des géants et couvrir de leur chapeau d'ombre toute la ville jusqu'à l'étouffer d'obscurité, jusqu'à la digérer sous un manteau de pourriture.

Elle acquit la certitude que les filaments de mycélium surgissaient des limbes terrestres pour engloutir le continent sous leur toile démoniaque. Elle vit la remontée des entrailles de la terre qui crachait ses hyphes à la surface comme les tentacules d'un monstre souterrain. Elle vit des civilisations couvertes d'un linceul de mousse durant des millénaires. Elle revoyait deux yeux obscurs et elle entendait une voix calme lui contant un à un les vérités et les mystères.

Pourquoi certaines personnes sont-elles plus vivantes que les autres ?

6

Les jours brûlaient, les nuits pleuvaient.

La Capitale ne devait plus être loin. Je l'espérais. Mon sac ne contenait pas suffisamment d'eau et de provisions pour prolonger le voyage. Le village de Pointe-Claire devait être quelque part sur la droite, invisible. Son célèbre clocher était-il toujours debout ? Il aurait été bien avisé de s'y arrêter pour la nuit… Cette partie de la forêt s'ouvrait sur un labyrinthe de marécages et de tourbe humide où résonnaient les cris des insectes. Dans la végétation inondée, j'entendais les crapauds calamines et les tritons palmés profiter d'un air lourd en moustiques. Je me demandai si je serais capable d'en attraper un pour le manger.

J'avais la sensation de progresser au cœur d'une éponge. Si je marchais un peu trop vers l'est, le bois poisseux de Pointe-Claire me mènerait à la forêt Cree, qui traversait le continent d'un trait plus épais d'année en année. Elle faisait partie de toutes les histoires et terminait tous les voyages. C'était un asile grouillant de vie et un ravin sans fond qui avalait les montagnes et les fleuves de siècle en siècle. On pouvait s'y perdre… et parfois s'y retrouver.

La chaleur m'écrasait de tout son poids, l'odeur de la tourbe en putréfaction me serrait la gorge.

Aujourd'hui, le continent entier transpirait.

*

Le lendemain, Adèle se mit à éviter Silvio et ses yeux noirs. Elle lui en voulut presque d'avoir parasité ses rêves avec ses champignons infernaux.

Mais c'est toi qui voulais comprendre.

Elle avait compris, en effet. Elle regrettait d'avoir perdu son calme, de n'avoir pas été capable de percevoir la beauté et la fatalité des mécanismes naturels. Les jours suivants, elle se mit à lire tout ce qu'elle put trouver sur les écosystèmes, la flore continentale et ses spores ; et chaque lien qu'elle tissait avec ses cours lui révélait un tableau plus satisfaisant, plus passionnant que ce qu'elle s'était imaginé. Alors, elle se sentit prête à poursuivre la discussion.

À ce moment-là seulement, elle se rendit compte que désormais, Silvio l'évitait.

Il était amical et rieur comme à l'ordinaire, mais jamais il ne se laissait aller à discuter plus de quelques minutes. Peut-être ne voyait-il pas l'intérêt de revenir sur le sujet. Peut-être était-ce trop tôt. Alors, Adèle se renseigna sur les raisons de son humeur auprès du groupe d'amis, avant de décider d'aller le trouver.

Elle le débusqua au dernier étage de la bibliothèque des sciences naturelles. Assis face à la baie vitrée, penché sur sa table, il lui tournait le dos. Ses cheveux bruns tombaient vers les pages d'un manuel de géologie, mais ses yeux noirs s'échappaient sous ses cils vers une table d'étudiantes en pleine discussion. Elle observa un instant la ligne de la colonne vertébrale sous la chemise. Il lui sembla détecter une légère courbure vers la gauche. C'était la première fois qu'elle la remarquait.

Silvio décida alors d'abandonner sa lecture, ou de la garder pour un étage moins distrayant. Il se leva et se dirigea vers les escaliers quand il vit Adèle entre deux rangées de livres. Il s'arrêta.

– Pardon, dit-il en fronçant les sourcils, ceci est la réserve naturelle des biologistes. Aucun anthropologue ne sera secouru si par malheur il était att…

Elle le coupa sans sourire.

– Je me demandais… Enfin, qu'est-ce que toi, tu te demandes ? C'est quoi, la question qui te hante ?

Silvio écarquilla les yeux.

– Je n'ai pas de question.

– Si. Je peux la deviner, là, au fond de tes yeux.

La gorge d'Adèle prit une teinte rose. *Un petit rouge-gorge.*

– C'est Jan. Il m'a dit... qu'il voit bien que quelque chose te préoccupe. De temps en temps seulement, et il te connaît bien pour l'avoir remarqué, précisa-t-elle lorsqu'elle vit que Silvio s'apprêtait à protester. D'après lui, quand tu y penses, c'est comme un nuage qui passe dans tes yeux. Il ne reste pas longtemps, mais il laisse une ombre sur ton visage. Puis il continue son chemin et il revient une fois qu'il a fait un tour complet dans ta tête. D'ailleurs, Mae m'a dit qu'elle l'avait vu, elle aussi. Elle dit que dans ces moments-là, ton sourire disparaît et c'est comme si tu tombais dans un puits.

Elle attendait une réponse. Ou une question.

Silvio ne savait pas quoi lui dire. En ce moment, des tas d'interrogations lui passaient par la tête.

Il réfléchit en parcourant des yeux la bibliothèque et ses livres aux pages moisies. Les étagères de bois piquetées de minuscules canaux creusés par les lignivores. Les fissures qui couraient sur le béton. Et le puits de lumière central, grandiose, magnifique, qui éclairait les moindres détails de cette scène de déclin. Un calme apocalyptique régnait.

Elle attendait.

Qu'est-ce qu'elle attend encore ? Et là, ça se voit, le nuage de questions dans mes yeux ?

Il se laissa glisser au sol et s'assit, songeur.

Qu'est-ce que mon père est devenu ?

Adèle s'assit à son tour en croisant les jambes.

Est-ce que je vais finir comme lui ? Et pourquoi Jan lui raconte-t-il tout ça ?

Elle attendait.

Est-ce que ça lui manque, à Mae, quand mon sourire disparaît ?

Puis, il releva la tête, la regarda dans les yeux et souffla :
– Adèle, qu'est-ce qu'il va rester ?

*

– Je t'ai expliqué ce qu'il se passait et ce qui allait se passer, d'un point de vue biologique et mécanique. Mais je ne peux pas m'empêcher de me poser les mêmes questions, encore et encore, sur ce qui nous attend. En tant qu'humains.

– Qu'est-ce que tu veux dire ?

– Partout sur le continent, les villes se font avaler. Il ne restera rien. On peut construire et certifier des classes 1 et des classes 2 tant qu'on voudra, mais notre humanité entière est classée indéterminée. Tu ne le *ressens* pas ? Si les esprits s'effondrent en même temps que les bâtiments, que restera-t-il ? Tu sais qu'une immense tour de métal se dresse dans la Capitale et que deux autres sont en chantier. Tu sais quel genre de personnes y habite. Si les plus puissants s'entassent dans des mondes verticaux et se déconnectent des autres, qu'adviendra-t-il des autres ?

– Eh bien, il restera… nous. Les communautés, les femmes et les hommes seront toujours là…

– Je ne pense pas. Les hommes construisent et abandonnent. Ils ne sont que de passage. Nos maisons, nos villes et nos villages, voilà ce qui reste. C'est ce qui nous *fait rester*, le temps d'une génération, c'est ce qui nous fait revenir où nous sommes nés. Si tout ce qui nous ancre à un endroit tombe en miettes, que restera-t-il ? Pas nous. Nous partirons à la dérive.

– Très bien, nous dériverons. C'est cela qui te préoccupe ?

– Évidemment ! Sans structure, sans fondation tangible pour soutenir nos échanges, nos habitudes, la coopération entre humains va s'effilocher, puis cesser. Les liens se rompront. Tu ne sens pas, déjà, les gens qui se déconnectent ? Les connaissances qui se perdent ? À quand remonte la dernière fois que tu as rencontré une nouvelle personne, Adèle ? Vu un visage inconnu par ici ?

La jeune fille ouvrit la bouche pour répondre, mais Silvio poursuivit sans attendre. Elle soupira d'un air agacé.

– Il ne se passe plus rien. Les liens se délitent. On avait des amis et de la famille partout. Ces deux cercles se réduisent d'année en année. Plus personne ne voyage d'un pays à l'autre. Il y a vingt ans, si chacun avait saisi par la main deux de ses connaissances, la chaîne humaine se serait étendue sur les trois continents.

Adèle s'adossa à la bibliothèque derrière elle et étendit les jambes. Autant s'installer confortablement : elle savait que Silvio était capable de parler des heures. Elle répondit d'un ton apaisant :

– Tu sais, l'anthropologie montre que durant des siècles, des milliers d'années même, des hommes ont vécu dans des systèmes où ils étaient entièrement soumis à la nature. C'est même l'essentiel de notre histoire. Si c'est aussi notre avenir, ce n'est qu'un juste retour des choses, tu ne penses pas ?

Il fixait le mur en fronçant les sourcils et Adèle se demanda s'il avait écouté le moindre mot.

– Quand il ne restera que des ruines, on ne pourra pas faire semblant longtemps, lâcha-t-il enfin. À ce moment-là, nous serons des animaux errant seuls parmi d'autres animaux. Attendant que le temps passe dans les décombres des souvenirs. Ne construisant plus rien. Nous sommes des bâtisseurs, Adèle. Si nous perdons cela, nous perdons bien plus que nos maisons.

– Nous sommes *déjà* des animaux. Un immeuble, une hutte ou un terrier, qu'est-ce que cela change ?

– Tout. Mon père me disait que l'architecture ne laissait personne derrière. Qu'elle nous aide à fabriquer un monde adapté à tous. À ceux qui ne marchent pas, ceux qui ne voient pas, ceux qui ont besoin de temps et besoin des autres. Je comprends maintenant ce qu'il voulait dire. Une cité qui tombe en ruines, et c'est la loi du plus fort à nouveau. La forêt n'a pas de place pour les différences.

Adèle regrettait presque d'avoir déclenché la discussion. Elle n'avait pas souhaité déterrer tout cela, ces pensées noires et ces monstres de solitude, étalés calmement au dernier étage de la bibliothèque inondée de lumière.

Mais il fallait l'admettre : ces sombres réflexions trouvaient un écho.

– Je vois ce que tu veux dire, dit-elle lentement. Ce qui t'inquiète. Qui d'entre nous aura les moyens de construire autre chose qu'une classe 3 ? Combien devront vivre dans une classe indéterminée qui subira des dégâts irréversibles dans la décennie ? Tout semble indiquer que les communautés deviennent volatiles, et ce n'est pas sans rapport avec nos murs qui entrent en voie d'extinction. Ce qui était solide est maintenant fragile, voire létal.

Silvio acquiesça vivement.

– Tu le perçois aussi, alors ?

– Bien sûr, répondit-elle en secouant la tête. Mais c'est un domaine d'étude récent, et il faudra du temps pour comprendre comment cela impacte nos modes de vie.

Se remémorant son arrivée à Vervilles, Adèle ajouta aussitôt :

– Tu sais, j'y pense chaque fois que je traverse la grande plaine. Ou l'ancien amphithéâtre. Ou même la petite place des Bottes. Tous ces lieux qui concentrent les rassemblements aléatoires, ces endroits où on échoue naturellement, où les repères se prennent et les rendez-vous se donnent. Dans vingt ans, qu'en restera-t-il ? On distinguera à peine une clairière au milieu des débris. Disparue sous un épais manteau vert, la place des Bottes ! Avalée par la bruyère, la grande plaine ! Tout le monde a besoin d'un toit, mais pour le reste ? Tous ces autres lieux qui n'existent que par les échanges qu'ils abritent, ce seront les premiers à glisser dans l'oubli. Comment pourrait-on continuer à bâtir des lieux de culture et d'apprentissage alors que toute construction se décompose en une quinzaine d'années ? C'est simple, on ne le fera pas. Mais on construira autre chose. On inventera d'autres architectures, d'autres matériaux, plus simples, plus solides. D'autres modèles. Et on avancera comme ça, un pas à la fois.

Silvio eut un geste d'agacement.

– Tu as vu ce qu'il se passe quand les hommes inventent d'autres modèles ? Ils se replient dans des mégastructures intouchables et isolées. Les tours de la Capitale, c'est la solution ? C'est une languette de monde qui se replie sur elle-même des centaines de fois ! Un empilement d'humains et de pouvoirs sans un regard vers le sol. Les tours ne touchent terre que par d'immenses piliers d'acier, pour se couper de l'invasion des tourbières, des spores et des autres. Pour y entrer, tu passes par un sas de désinfection. Les baies vitrées qui dominent la canopée… elles ne s'ouvrent jamais. Tu sais comment on appelle ces gens-là ?

Adèle hocha la tête.

– Les détourneurs. Je sais tout cela, Silvio. J'ai suivi l'actualité, la crise du logement, leur montée en puissance. Ils détournent la majorité des matériaux et prennent le contrôle du secteur de la construction à la Capitale. Au détriment de tous les autres projets de logements au sol.

– Solène m'a écrit que la Capitale commence à tomber en ruines. Mais même les tours ne tiendront pas, Adèle ! Un jour, dans cinq ans, dix ans, elles tomberont. Leurs pieds dévorés par les champignons. Ou par les hommes restés en bas. Tu crois que c'est ça, le nouveau modèle ? On empile. On s'écroule. On recommence.

Adèle soupira.

– Non, c'est sûr, ce ne sera pas ça. Ce sera différent, éloigné de tout ce que nous connaissons… L'espèce humaine est résiliente. Sous une forme ou une autre, elle continuera d'exister.

– Exister, ce n'est pas vivre.

– Tu dramatises. Il y a des tas de communautés qui fonctionnent différemment. L'humanité ne se mesure pas à la solidité du logis et au nombre d'amitiés. Elle se réinvente sans cesse. On va passer par des transitions compliquées, mais on y gagnera autant qu'on y perdra.

– On pourra vivre autrement, je le sais. Mais on oubliera un pan énorme de notre histoire. La richesse et la diversité des cultures, chacune développée sur des générations. Chacune lentement recouverte par la mousse et les lichens, toutes traces des civilisations humaines englouties par les marées de décomposeurs. Ça me paraît si injuste. Pas toi ? Tout n'était pas à jeter.

– Mais on ne perdra pas tout, maintint Adèle. Il restera ce qu'on a acquis sur des milliers d'années. Tu penses vraiment que l'espèce humaine est condamnée à revenir sur ses pas, comme si tout cela n'avait jamais existé ? Parce que je te le dis, on ne reviendra pas en arrière. Mais il faudra se battre pour maintenir les idées vivantes. Le partage des savoirs, les échanges, les diplômes ou les contrats, les notions de justice ou de droit… Ces racines communes ne se voient pas, mais elles sont là, ancrées dans nos pratiques, dans nos esprits. Les récits que l'on se transmet sont inattaquables car ils ne sont pas matériels.

Adèle marqua une pause, contemplant l'air chargé de poussières en suspension avant de conclure d'une voix tranquille :

– Aucun champignon ne pourra les coloniser, les parasiter ou les décomposer.

Silvio ne dit rien. Il y a des contes qu'il vaut mieux laisser vivre en paix jusqu'à ce que le temps se charge de les balayer. Ou pas.

La flaque de soleil où ils s'étaient assis avait poursuivi sa glissade sur le sol craquelé.

Ils écoutèrent le murmure des voix, le froissement des pages et le bruissement des insectes autour d'eux.

– J'espère que les Autres s'en sortent mieux.

– Imagine. S'ils n'ont pas déjà connu un grand printemps végétal, un jour, après des siècles de silence et d'oubli, ils partiront à la découverte du continent central, si sauvage et mystérieux.

– Je me demande ce qu'ils y trouveront.

Ils restèrent silencieux un moment, entre rêve et tourmente.

– Finalement, ce qui m'inquiète le plus, reprit Silvio à voix basse, ce n'est pas tellement qu'on devienne incapables de maîtriser l'environnement comme on l'a fait pendant des siècles. Parce qu'au fond, ce n'était qu'une façade. Les mondes végétal et fongique ont régné des centaines de millions d'années avant l'apparition du moindre mammifère et nous n'avons jamais dominé quoi que ce soit. Le temps des humains – voire du règne animal – n'est qu'une parenthèse dans l'histoire des êtres vivants. Une blague dont nous sommes la chute. Ce qui me gêne, c'est cette espèce d'inertie que je ne m'explique pas, un sentiment général de résignation, ou d'indifférence. L'abandon est dans la nature des hommes, mais là, on est en train de perdre une guerre dont tout le monde se fout.

Adèle ferma les yeux un instant, ordonnant ses pensées.

– Je pense qu'on n'a pas le choix, finit-elle par dire. Si on se laisse envahir comme ça, si on renonce à nos modes de vie aussi facilement, c'est que nous ne sommes pas programmés pour être heureux, mais pour survivre.

– Comment ça ?

– L'abandon dont tu parles est un mécanisme de défense qui vise à nous garder en vie. Un sentiment qui nous pousse à battre en retrait devant plus fort que nous. Renoncer pour survivre. Cette résignation, c'est ce qui nous fait reculer peu à peu. Mais c'est aussi ce qui nous sauve.

– Eh bien, je ne sais pas qui a voté pour cette stratégie, mais c'est complètement stupide.

– Pas tant que ça : tu dis que les hommes abandonnent. C'est vrai. Ils essaient, ils échouent. Ils réfléchissent. Et parfois, ils renoncent. Mais au moins, ils sont en vie. Les spores, les plantes, c'est une armée qui n'a pas le loisir de réfléchir aux probabilités de succès. Elles ne savent pas ce qu'est la capitulation, alors elles n'abandonnent pas. Elles réussissent. Ou elles meurent. C'est tout.

Silvio réfléchit un moment. Il suivit des yeux une traînée collante sur le béton lissé jusqu'à apercevoir un minuscule escargot accroché au pied d'une table.

– Je ne l'avais jamais envisagé comme ça, répondit-il enfin. Je crois que… je serais vaguement rassuré si cette résignation venait d'une sorte de réflexe de survie mal réglé.

Il hésita.

– Parce que je vais te dire, au fond, ce qui me fait peur. C'est juste une impression dont je n'arrive pas à me débarrasser. Et tu m'écoutes depuis un bon moment, tu n'as pas encore l'air d'en avoir marre, alors…

– En fait, répondit Adèle en fronçant les sourcils, je n'ai pas encore décidé si je t'écoutais comme une amie ou comme une anthropologue. J'hésite à prendre des notes. Mais vas-y, dis-moi tout.

Silvio sourit et poursuivit :

– Comment dire… Lorsque les champignons colonisent les racines des arbres auxquels ils s'associent, on sait que le réseau formé bénéficie aux deux espèces. Tu te dis que c'est bien fait, cette entraide naturelle, non ? Mais ce qu'on ne voit pas, c'est que la frontière entre symbiose et parasitisme est mince. Souvent, la relation oscille entre ces deux états au fil de son développement. Mais ce sont toujours les champignons qui gardent le contrôle. Si ça les arrange, ils affaiblissent la plante jusqu'à la mort. Ils sécrètent des protéines qui la manipulent en ce sens. Ça s'est déjà vu avec de petits animaux, aussi. Alors, parmi toutes les espèces de champignons qui colonisent nos murs et nos rues, je me demande… Nos maisons sont devenues les hôtes de ces parasites. Imagine si parmi eux, il y a une espèce fongique qui… Peut-être que ça l'arrangerait qu'on abandonne.

– Tu penses qu'ils nous manipulent pour qu'on se laisse faire ? Pour qu'on leur serve de compost ?

Adèle riait.

– Je sais, c'est irrationnel, grimaça-t-il.

– Tu penses réellement que c'est possible ?

– Non, soupira-t-il. On l'aurait découvert. Les spores sont étudiées partout sur le continent. Mais je ne peux m'empêcher d'y penser.

– En définitive, tu n'as pas tort, murmura Adèle, amusée. Si nos esprits moisissent en même temps que nos villes, que restera-t-il ?

– Tu penses que je délire ? demanda Silvio avec un faible sourire.

– Je pense que tu as peur d'être seul.

Il jeta un regard aux alentours avant de répondre avec un clin d'œil :

– Tu sais, parfois, je me rassure en me disant que je ne suis jamais vraiment seul. Ni moi, ni toi, ni personne. Où que tu ailles, tu embarques un monde entier. Dans les ravins de ta peau, la forêt capillaire de ta tête, les crevasses de tes articulations. Ton corps entier est un univers où cohabitent des micro-organismes qui se moquent de la solitude que tu peux ressentir. Une gigantesque terre d'asile cutanée colonisée par des milliards de bactéries et de champignons. Imagine les milliers d'interactions qui ont lieu à chaque instant. Sans en être consciente, tu y participes : tu leur files un peu de peau morte et ils protègent ton organisme des invasions pathogènes. Franchement, on ne peut pas s'en plaindre. Alors, conclut-il en se levant, quand je me sens seul et inutile, je me rappelle qu'un écosystème entier compte sur moi. Parfois, ça marche.

Silvio rit tout bas et se dit qu'un mot devait peser au moins quelques grammes. Sinon, comment aurait-il pu se sentir aussi léger d'avoir tant parlé ?

Après un signe de la main, il s'éloigna en direction des escaliers, son livre sous le bras.

Adèle resta assise un moment sur le béton froid. Puis elle se redressa, le dos raide, et s'étira en se demandant s'il était vraiment nécessaire que cette discussion se déroule entre deux rangées de livres en décomposition.

C'est pourtant à cet endroit-là qu'ils se retrouvèrent toutes les autres fois.

*

À Brumaide, lors de la vague de chaleur la plus intense de l'année, un immeuble vide et insalubre s'écroula comme un château de cartes. Il avait les pieds dans l'eau, mais sa démolition n'était pas prévue avant le mois suivant. La discrétion des champignons dévoreurs était leur arme la plus fatale. Le *Serpula lacrymans* était l'un d'eux.

Chaque semaine, ce genre d'incident était rapporté quelque part sur le continent. C'était inévitable et souvent, noyé dans l'indifférence. Mais celui-ci s'effondra sur le bâtiment d'en face. Un bureau de poste de classe 2.

Ce n'était pas censé arriver. Ce ne serait pas la dernière fois.

7

Quatrième jour de marche.

Quatre jours sans parler à quelqu'un. Quatre jours sans parler.

Un record.

Bien sûr, mon crâne résonnait de conversations, mais ce n'était pas pareil. Il manquait la chaleur des voix et la justesse des paroles.

Il y avait la famine cutanée, aussi.

Un jour où Jan s'était tu un long moment, je lui avais demandé s'il lui arrivait de discuter en interne pendant quelques minutes avec ses proches.

– Non, avait-il répondu en se grattant la tête, intrigué. Quand je me tais, j'écoute, je réfléchis. Mais je ne parle jamais avec qui que ce soit. Il n'y a que moi là-dedans.

Sa réponse m'avait effrayé. Et je crois que ma question en avait fait autant pour lui. À quoi pouvait-il réfléchir tout ce temps, en tête à tête avec lui-même ?

Je n'avais même plus l'impression d'avoir le choix. Souvent, ces échanges qui dépliaient et repassaient mes pensées m'épuisaient. Je discutais avec ma mère quand la nostalgie me gagnait, avec Solène pour trier les idées, et Jan était là quand l'esprit vagabondait. Il m'arrivait de parler avec Adèle, quand la nuit était noire et le crépuscule encore loin. Et plein d'autres gens encore. Tant qu'ils avaient de la conversation, je n'étais pas difficile.

Je discutais avec eux parce que sinon, je serais devenu fou. Ou alors, parce que je l'étais déjà. L'important, c'est que je n'étais pas seul. Tout le monde était là, prêt à bavarder avec moi.

Sauf mon père.

Je ne parlais jamais avec mon père. Je ne voulais pas de lui dans ma tête.

*

Que reste-t-il, Adèle ?

Pas Mae, avec ses yeux qui pétillaient dans la nuit. Elle est montée dans le rectilien et n'est jamais arrivée. Quelqu'un l'aurait vue descendre au milieu de nulle part.

Pas Emilio, qui riait comme un ogre. On dit qu'il est parti chercher Mae. On dit qu'il est devenu ermite. Qu'il a fumé trop de champignons. Qu'il s'est perdu.

Pas Noah, avec ses blagues et son briquet. Disparu sous le toit écroulé de la grange, chez ses parents. Celui qui quittait la fête en dernier avait été le premier à partir.

Ni même Adrienne, qui buvait plus d'alcool de vigne que tous les autres réunis et marchait quand même sur les mains. Elle avait épousé un type de la Capitale et vivait au trente-quatrième étage de la tour numéro deux.

Pas Maryam. Sa maison était saturée de spores d'*Aspergillus fumigatus*. Ses poumons aussi.

*

– Je crois que ma mère fréquente quelqu'un.

– Non ! Qui ça ?

– Un type de son groupe de *Renaissances poétiques* – c'est comme un club de poésie pour divorcés, tu vois le genre.

– Mais tu en es sûr ?

– Non, mais elle le mentionne souvent. Ça fait des années qu'elle fait partie du groupe et elle n'a jamais autant parlé d'un autre membre.

– Silvio, tu es trop grand pour avoir peur de laisser partir ta mère, ricana Jan.

– Très drôle. De toute façon, ça fait des années qu'elle est partie ailleurs. Dans sa tête. Rends-toi compte : elle prend des bains sylvestres. Elle passe des heures dans la forêt-mère. Elle médite sur l'horizon chaque soir. Et je ne t'ai pas dit le nom de ce type… Il se fait appeler Érable.

Jan éclata de rire.

Silvio esquissa un sourire. Officiellement, ils étaient en pleine inspection des alentours de la maison de Nora, la sœur aînée de Jan. Elle craignait une invasion de champignons dévoreurs depuis qu'un foyer de *Serpula lacrymans* avait été découvert dans les environs. Jan avait proposé d'amener Silvio pour jeter un œil.

Dans les faits, ils flânaient dans la bruyère desséchée par le mois de juillet, soulevant un buisson de-ci de-là, s'échangeant les dernières nouvelles au creux des mauvaises herbes. Les parcs avaient débordé dans les rues depuis suffisamment longtemps pour que plus personne n'ait l'étrange idée de mettre en cage un carré de forêt pour l'appeler jardin.

L'air était vif et léger.

– Silvio, viens voir. Ce n'est pas ton champignon, là, celui que tu étudies ? Tricot quelque chose…

– *Trichoderma ressei.* Non, répondit le jeune homme en s'approchant de la souche que lui montrait Jan. Ça, je pense que c'est une espèce de *Cladosporium*. Il est bien plus commun.

*

Le feu de la veille brûlait dans sa mémoire. Ana sentait encore la chaleur sous sa peau et la fumée dans ses narines. Chaque fois qu'elle plongeait son regard dans un foyer de flammes, comme hier, elle se sentait en sécurité. Elle percevait avec acuité la présence des autres humains autour d'elle, tous rassemblés autour des braises comme un groupe de survivants, et elle savait qu'ils auraient pu, ensemble, rebâtir une civilisation autour de ce brasier.

Mais le feu provoquait en elle autre chose. Un appel lointain et confus qui grondait dans le craquement des flammes et le grincement des sapins calcinés. Partout à la fois. Quelque chose qui lui soufflait qu'elle aurait été capable de bondir hors de l'assemblée, de s'enfuir dans les bois et – s'il le fallait vraiment – de se battre à mains nues avec n'importe quelle bête sauvage, comme si elle-même n'était qu'un mammifère de plus dans la forêt.

Le feu brûlait encore dans sa mémoire et Ana était épuisée. Fatiguée de résister. De faire semblant. Pour Silvio – mais peut-être aussi pour elle-même – elle vivait une vie en laquelle elle ne croyait plus.

Il fallait qu'elle lui parle. Elle ne voulait plus vivre dans le passé pour essayer de rattraper une époque qui n'existait plus. Celle où l'on pouvait rallier Brumaide à Calame en moins d'une journée. Celle où l'Ouest et l'Est étaient des réalités géographiques et pas des voyages fantasmés. Où l'on décidait de l'écartement entre les arbustes et de l'endroit où pousserait la clématite grimpante.

Mais peut-être que l'époque qui lui manquait le plus était celle où l'on trouvait partout des appareils de communication et une couverture réseau infaillible. Lorsque le dernier qu'elle possédait avait rendu l'âme, elle en avait pleuré : le remplacer aurait été impayable. Cela faisait des années qu'Ana devait se rendre au bureau de poste chaque fois qu'elle voulait appeler sa fille. Ou, bien souvent, laisser un message qui lui serait radiotélégraphié une fois le courant rétabli.

Et puis, il y avait l'époque où sa famille comptait quatre personnes.

Ana ferma les yeux.

En réalité, la lassitude ne l'avait jamais vraiment quittée depuis le jour qui avait marqué la fin de ce quatuor. Le jour du piano. C'était précisément le genre de passé auquel elle était si fatiguée de se raccrocher. Et tout, dans cette maison, lui rappelait cette époque sombre. En particulier cette journée-là. Cet homme-là…

La mélodie s'élève sous les doigts qui courent et caressent. L'homme ne pourrait dire s'il est captivé par le ballet des mains, la danse mécanique des os sous la peau ; ou par la musique qui bouillonne hors de l'instrument. Ou dans ses veines ? Il ne sait plus. Et son propre torse, est-ce la caisse de résonance ?

Il est l'instrument, et le piano joue de lui. Les touches effleurent la pulpe des doigts et cela produit des sons. Du bruit. Des hurlements. La partition est déchiffrée directement dans son esprit. Toute la journée, il a joué. Toute la journée, on l'a joué.

Le silence semble si loin.

Les notes coulent sur ses joues ; le morceau suinte par la fenêtre. La mélodie bien maîtrisée se disloque peu à peu. Les trous dans la musique s'accumulent comme des caillots de sang.

La pièce est rapiécée. Brouillon musical sous anesthésie. Les notes sautent les unes après les autres. Encore trois, lancinantes. Survivantes. Le trio parvient à faire naître une mélopée, rythmée par le claquement des pas sur les pavés de l'allée.

Plus que deux. En trille avec la clé qui fouille la serrure.

Plus qu'une. Le silence n'est pas encore là.

Scie, lance.

Les doigts rougis s'acharnent sur la dernière dent blanche du clavier. Les pas résonnent sur le carrelage et manquent de trébucher. Les billes blanches roulent et s'éparpillent parmi les touches amputées.

Le piano a cessé de hurler, mais une voix horrifiée s'élève.

« Qu'est-ce que tu as fait ? »

*

– Ana… Je plane. Depuis si longtemps. Que je ne sais pas si j'ai encore des pieds pour atterrir.

C'était sa première phrase.

Lorsqu'elle était revenue le voir, la première fois, il s'était muré dans un silence dont il n'était sorti que trois fois. Trois phrases.

– Tu ne sais pas… ? Débrouille-toi pour te les faire pousser. Sinon, tu ne reverras pas Solène et Silvio.

– Et le piano ? avait-il demandé tout bas, le regard fixé sur le mur blanc derrière elle.

– On l'a jeté.

Regard meurtri.

Elle s'était efforcée de mettre de la douceur dans sa voix.

– Je te signale que ce n'est pas moi qui lui ai arraché tout son clavier. De toute façon, le bois était pourri. Irrattrapable. Il y avait des champignons gros comme la paume de ma main à l'intérieur comme à l'extérieur. Ça devait venir du mur derrière le piano. Plein d'humidité. La cloison est couverte de moisissures, du sol au plafond.

Silence.

– Je croyais que j'étais le seul à les voir.

C'était sa dernière phrase.

Il n'était pas revenu.

Ana ouvrit brusquement les yeux.

Je ne peux pas faire ça, se dit-elle. Lui faire ça *moi aussi.*

C'était il y a tellement d'années, dix, quinze peut-être et pourtant, elle revoyait parfaitement le visage fermé de son fils lorsqu'elle le lui avait annoncé.

Il est parti. Il ne reviendra pas.

Silvio n'avait pas fait de commentaire.

Non, Ana ne pouvait pas s'y résoudre. Il ne comprendrait jamais. Il ne pouvait pas revivre ça.

Mais Ana était si fatiguée. Elle voulait avancer.

Il fallait qu'elle lui parle.

*

– Et ta sœur ? Qu'est-ce qu'elle en pense, de cet Érable ?

– Elle n'est pas au courant. Je n'ai pas vu Solène depuis plus d'un an. Je ne crois pas que ma mère lui en ait parlé. Et puis, Solène a beaucoup de choses à gérer en ce moment. Je n'ai pas voulu l'embêter avec ça. À l'entendre, si elle s'arrête de travailler une semaine pour venir nous voir, c'est toute la Souterraine qui s'effondre dans les quarante-huit heures. Et la Capitale avec.

– C'est peut-être vrai, dit Jan.

– C'est sûrement vrai. De toute façon, elle est très occupée. Quand elle n'est pas dans la Souterraine ou au bureau, elle est à la Fabrique avec Rafael. Elle nous en parle beaucoup, ces derniers temps.

Jan décolla son regard de la façade mouchetée de lichen.

– Elle a rejoint la Fabrique ? Qu'est-ce qu'elle y fait ?

– Je ne sais pas trop… Solène a toujours été du genre à se révolter, mais à le faire sérieusement. Et les recherches menées à la Fabrique sont très sérieuses. Elle y apporte ses connaissances en génie civil, et il y a aussi des scientifiques, des architectes, des urbanologues… Des gens qui veulent changer les choses, d'autres qui ont des idées, puis il y a ceux qui veulent juste se sentir moins seuls.

Jan hocha la tête d'un air entendu. Quelquefois, la léthargie grandissante de Vervilles l'insupportait.

Silvio agita le bras pour chasser un moustique tigre qui bourdonnait à son oreille avant de reprendre :

– Je n'ai cependant pas l'impression qu'ils arrivent à se faire entendre. Solène a rejoint la Fabrique quelques années après son arrivée à la Capitale et rien n'a bougé depuis. Pourtant, elle y croit. Il me semble que leur groupe d'étude est rattaché aux départements universitaires de la Capitale. Ils disposent donc de matériel et de ressources, c'est déjà ça. En gros, ils essaient de développer des pistes de recherche et des réflexions pour pallier la crise du logement en ville. Concrètement, ils passent leur temps à jouer à la guerre avec les détourneurs.

Jan s'esclaffa.

– J'exagère, reconnut Silvio. Solène travaille beaucoup pour représenter la Fabrique auprès du Conseil capital. Je crois que l'équipe aimerait qu'elle se présente aux prochaines élections, mais elle aime trop la Souterraine pour la quitter, conclut-il en poursuivant l'inspection des pieds de façade, tandis que Jan remettait les mains dans ses poches.

Silvio tira sur le lierre qui recouvrait tout un pan de mur, celui-ci tint bon. Il grimaça en observant les minuscules racines crampons sous les feuilles, qui l'aidaient à se faufiler dans les plus petites fissures. Une porte d'entrée au gel, à la pluie et aux spores. Il conseillerait à Nora de couper la plante grimpante à la racine.

L'air était vif et léger.

Soudain, un éclat vermillon, à gauche, sur le muret en ruines. Il tourna la tête.

C'était un oiseau. Tout petit, tout rond. Un duvet de plumes rouges sur la gorge. Deux maigres brindilles en guise de pattes.

Silvio s'immobilisa. C'était exactement comme ça qu'il s'était imaginé l'oiseau d'Adèle. Celui qui nichait sous ses côtes. Il n'y avait pas prêté attention jusqu'à ce qu'il s'envole hors de lui, un jour.

Le jour où Adèle était partie.

Au début, ç'avait presque été un soulagement. L'oiseau battait furieusement des ailes en tous sens lorsque bon lui semblait, et chaque battement claquait comme une gifle dans l'obscurité de sa cage thoracique. Ce n'était guère étonnant. Une cage, thoracique ou non, reste une cage. Et les oiseaux n'aiment pas les volières. Mais très vite, le calme au creux de ses côtes était devenu insupportable. Les frôlements le long de son sternum, le bout des plumes lui chatouillant l'intérieur, le battement des ailes et les caresses des rafales, tout ça lui avait manqué. L'hiver suivant, Silvio s'était senti aussi vide qu'un lac gelé. Ça clapotait doucement dans les profondeurs, mais la surface figée attendait.

On ne peut pas compter sur les autres pour rester.

Il s'était mis à colmater, le mieux qu'il pouvait, la cavité en forme d'oiseau dans sa poitrine par d'autres présences. Ce n'était pas difficile. Il y avait, dans la périphérie déchiquetée de chaque ville, des lieux que chacun connaissait et dont personne ne parlait. Un labyrinthe de friches industrielles et de bâtiments en ruines, emportés par la première vague d'érosion urbaine. Vidés de leurs habitants par le printemps continental. Une aubaine pour la forêt qui avalait chaque année quelques mètres supplémentaires vers le cœur de la ville. Là, plus que nulle part ailleurs, se percevait le spectacle d'un îlot en train de sombrer tandis que ses naufragés dansaient sur des lambeaux de plages encore émergées.

Dans ces lieux vides et écroulés, les corps fatigués et les âmes affamées venaient se perdre trois soirs par semaine. Le reste du temps, leurs fantômes restaient sur place, partageant l'endroit avec la faune locale et le silence des bois.

On y allait pour chercher, pour oublier, pour voir et pour toucher. Toujours, on trouvait. Dans les cuves d'alcool de vigne, au creux d'une nuque, dans la noirceur du ciel ou les vapeurs de spores calcinées, on trouvait. Les briques, la terre, les flammes, les hommes, les femmes, la faune et la flore ; tous se mélangeaient en volutes légères et floues. À la lueur des braseros, le monde était plus beau.

*

– Tu te méfies de lui. Je l'entends. Tu as ta voix méfiante.

– De qui tu parles, Jan ?

– De l'ami de ta mère, bien sûr.

C'était la première chose qu'il remarquait chez les gens. Leur voix. Le timbre, la modulation des cordes vocales, mais aussi l'intonation, les mots, ceux qui sortent tout seuls et ceux qui roulent sous la langue lorsqu'ils sont choisis avec attention. Ceux qui trébuchent parce qu'ils viennent de loin, du fond des intestins ou du cerveau. Jan croyait déchiffrer dans la voix d'une personne un langage secondaire propre à elle. Silvio enviait parfois cette acuité auditive qui lui permettait d'entendre plus, et tellement mieux.

D'un autre côté, Jan, lui, se damnait chaque fois qu'une jolie voix passait, et si sa propriétaire s'avisait de chanter un air, il était cuit.

– D'accord. Dis-moi, qu'est-ce que c'est, ma voix méfiante ?

– Tu parles comme si tu avais mangé des braises. Avec des phrases brûlantes qui fument dans le noir.

Jan s'allongea dans l'herbe et contempla un nuage, l'air absent.

– Et moi ? J'ai quelle voix aujourd'hui ?

Silvio se retourna vers lui avec le sourire de celui qui va répondre une stupidité, puis il se rendit compte que jamais il n'avait entendu cette question auparavant. Il réfléchit un moment.

– Toi, dit-il lentement, c'est comme si les mots rebondissaient les uns sur les autres à la sortie. Comme… Comme des bulles de caoutchouc.

Jan émit un petit rire. Il passa un bras sous sa tête et ferma les yeux face au soleil.

– Tu sais, marmonna-t-il, parfois, je me dis que dans une autre vie, j'ai dû être aveugle. Je me contentais de lire des descriptions du monde et d'écouter les gens parler. Ça suffisait. Ça m'épuise, toutes ces informations visuelles. Il y a trop de paramètres. Je préférerais vivre en monochrome. Ou imaginer sous mes paupières fermées.

Silvio observait un tronc couvert de lichen, examinant la finesse des squamules. Aucune description n'aurait pu faire visualiser ce genre de détail à Jan, songea-t-il. Il se redressa :

– Tu ne m'as jamais dit… Elle avait quelle voix, Adèle ?

– Adèle, c'était… la voix d'une île perdue dans la brume, à l'aube. Le sable doux et froid qui file entre les doigts.

Silvio hocha la tête.

– C'est exactement ça.

L'air était vif et léger.

Jan tendit le bras derrière lui et attrapa à l'aveuglette une poignée de mousse au coin de la façade, pour la brandir.

– Et ça, qu'est-ce que c'est ?

– Pleurozie dorée, répondit Silvio en levant les yeux. Classe des bryopsidées.

– Joli, apprécia-t-il en examinant la plante à la lumière. Tu vois, reprit Jan en se redressant sur ses coudes, moi, j'étais destiné à faire de grands voyages, j'aurais rencontré une Autre – elle m'attend toujours, probablement – et on aurait eu plein de petits Autres. On aurait été heureux. Au lieu de quoi, je me retrouve coincé ici, condamné à voler de Continentale en Continentale sans jamais trouver de terre d'accueil.

– C'est un destin terrible, Jan, tu m'en vois désolé.

– Ne te moque pas ! Les joies sont quotidiennes, mais les bonheurs lointains.

– C'est ça ! Tu as pleuré toute une semaine quand Julia t'a quitté !

Jan prit un air faussement affligé.

– Oui, mais j'aurais pleuré des années pour qu'on me laisse traverser un océan.

Jouer le poète maudit était une seconde nature chez lui. Il redevint sérieux.

– Ce que je veux dire, c'est que toi, tu n'es pas lié à une Autre inaccessible.

– Toi non plus. Et je ne suis lié à personne.

C'était un mensonge et Jan le savait. Et il savait que Silvio le savait aussi, alors il n'insista pas.

– Je sais qu'un jour, je la reverrai, dit Silvio au bout d'un moment. Simplement, je ne sais pas quand. Ni comment.

Jan roula des yeux.

– Silvio, vraiment…

Mais il n'ajouta rien, se bornant à gratter distraitement la terre à ses côtés. Il cherchait les mots, ou renonçait à poursuivre une conversation rouillée, faute d'arguments. Au bout d'une minute, tout en restant concentré sur sa tâche, Jan poursuivit la discussion, comme s'il avait changé de sujet.

– Tu sais, parfois, je lis le début d'un livre et c'est tellement vrai, tellement beau, que je le referme. Juste pour tenir à distance le moment de la dernière page. Chaque nouvelle ligne parcourue s'accompagne de l'éclat doux de la découverte, et chaque nouvelle phrase insinue la fin qui se rapproche. Alors, je suis tenté de mettre le livre de côté, de le ranger dans un placard et un coin de ma tête. De l'y laisser comme une bougie au fond de l'esprit, et choisir la promesse de sa lumière plutôt que la chaleur de sa flamme. Garder les mots justes pour les jours vains. Une infinité de possibilités plutôt qu'une histoire achevée. C'est confortable, tu vois, de conserver quelque chose de si grisant tout au bord de l'instant présent. De maintenir sa perfection intacte à portée d'avenir plutôt que de la vivre. Et je ne m'en prive pas, car ce n'est qu'un livre, après tout. C'est seulement un tas d'encre et de papier. Mais les jours qui passent, c'est pareil, Silvio. Sauf que les pages de ta vie défilent, qu'elles soient lues ou non. Les chapitres s'écrivent même si tu ne les vis pas. Tu ne peux pas déposer le livre.

– Tu avais raison, coupa Silvio brusquement. C'est vrai, je me méfie d'Érable. Tu veux savoir pourquoi ?

Les yeux de Jan brillèrent et il lui fit signe de continuer.

– Je me méfie de lui parce qu'il fait partie des Sénescents.

– Les Sénescents… ça me dit quelque chose.

– C'est une communauté qui vit à l'est, hors de la ville. Depuis plusieurs années, ils ont décidé de quitter Vervilles parce qu'ils pensent qu'il est de leur devoir de laisser un îlot de sénescence se développer.

– Un… quoi ?

– La sénescence, à la base, c'est une notion forestière. C'est l'une des phases du cycle d'un milieu naturel. La phase de dégradation, après la maturité. La diversité y est maximale ; les arbres dominés et dominants finissent par mourir les uns après les autres. Ainsi, ils fragilisent les autres individus de l'écosystème pour engendrer de nouvelles générations.

– D'accord, mais cette histoire d'île ?

– Un îlot de sénescence. C'est un lieu abandonné volontairement pour laisser place à l'évolution spontanée du monde vivant. Jusqu'à ce que tous les grands pins meurent et s'effondrent peu à peu.

– Mais dans quel but ?

– C'est une manière de favoriser la biodiversité de la forêt. Le bois mort va porter un autre type de végétation et devenir l'habitat naturel d'autres espèces. Ils seront décomposés par toute une population de champignons. Tous ces organismes prolifèrent grâce à l'îlot de sénescence.

– J'aime bien ce mot, dit Jan. Prolifère. Ça pique et ça grouille.

– Jan, tu m'écoutes ? La communauté des Sénescents voit dans la dégradation de la ville la phase ultime de la recolonisation sauvage. Ils pensent qu'il est important de laisser le champ libre à toutes les espèces qui tentent de coloniser et décomposer les villes. Ils abandonnent leurs maisons pour qu'elles servent d'habitats naturels. Jusqu'à ce que, comme les arbres, elles meurent et s'écroulent pour tout recommencer et entamer la phase de régénération.

– C'est dingue, s'exclama Jan en écarquillant les yeux.

– Oui, ils sont dingues, mais inoffensifs. Ils ont plein de sympathisants dans tout le pays. Ils organisent des balades, des cérémonies de reconnexion à l'âme sylvestre, des lectures de poésie au fond des bois, ce genre de choses. Les Sénescents se regroupent en tribus dans les clairières et vivent de ce qu'ils trouvent dans les bois.

– C'est si… sauvage, dit Jan en gloussant. Tu ne penses pas que ta mère les rejoindrait, tout de même ?

Silvio hésita.

– Je crois qu'elle est sensible à leurs valeurs, à leur quiétude, mais je ne pense pas qu'elle irait jusqu'à abandonner sa ville et sa maison. Vivre dans les bois ! Ma mère !

– Même pour suivre Érable ?

Il se mordit la lèvre.

– Je ne pense pas. Enfin… je ne sais pas. Jamais elle ne deviendrait Sénescente juste pour les beaux yeux d'un arbre. Mais… hier, elle est partie dans la forêt pour une cérémonie nocturne. Une sorte de baptême où tu reçois ton vrai nom. Un totem végétal. Apparemment, dit-il en ricanant, la guide actuelle des Sénescents est une femme nommée Chêne.

Jan eut un air dubitatif.

– Elle est partie toute la nuit dans la forêt pour se faire donner un nom de plante. Ça ne t'inquiète pas ?

– Un peu. Mais Érable et tous les autres de *Renaissances poétiques* sont avec elle. C'est juste une sorte d'activité de groupe pour eux, non ?

*

L'après-midi touchait à sa fin quand les deux amis terminèrent l'examen de la bâtisse. Après avoir certifié à Nora qu'il n'avait rien trouvé de suspect parmi les populations fongiques de son domicile, Silvio prit le chemin de la maison. Il avait hâte de voir si Ana était rentrée. Dans les rues encombrées d'amarantes et de fougères, la lumière glissait sur les feuilles en ayant l'air de s'excuser. L'air était vif et léger, les rues lourdes et fatiguées.

C'était un jour comme celui-ci, songea Silvio.

Un jour où la lumière pleuvait doucement sur la ville parcourue de frissons, Adèle était partie. Son départ était dans l'air depuis qu'elle avait appris l'accident du bureau de poste. Depuis l'instant où elle était revenue de Brumaide et des funérailles.

Tout le monde avait vu l'orage dans le ciel de ses yeux. Elle n'était restée que quelques heures. Le temps d'accepter un diplôme. De refuser tout le reste. Les gestes comme les mots. Juste le temps de dire au revoir.

Silvio aurait voulu lui parler, lui parler du regard de sa mère qui se faisait la malle tous les jours vers l'horizon. Lui dire de rester. De rester, car il ignorait quel morceau de lui Adèle emporterait en partant, et ça l'effrayait. Peut-être même qu'il le lui avait dit, car au fond, il lui disait presque tout. Il ne savait plus.

Juste le temps de lui dire au revoir.

Elle était partie.

Il l'avait regardée se lever, une dernière fois, lentement, dépliant son corps comme un origami. Comme si elle avait mille ans. Ses yeux dirent une chose et ses mains en dirent une autre.

Il ne sut jamais quoi.

Sa silhouette à contrejour se découpait parfaitement dans la clarté matinale. Elle était partie et, pendant de longues minutes et d'interminables années, la tache noire s'éloignant sur le ciel clair resterait collée à sa rétine, convoquée chaque fois qu'il fermerait les paupières.

Souvent, ses mains et ses yeux parlaient pour elle. Mais comme c'était une langue que personne ne comprenait, ce n'était pas très utile.

Tu viendrais aussi ?

L'avait-elle dit ? Avec ses yeux, avec ses mains, avec ses mots ?

Certains jours, il était certain qu'elle avait tendu la main vers lui. Que le bout de ses doigts avait effleuré les siens comme une question. Parfois, il se rappelait seulement ses yeux. Déterminés. Déjà lointains. Ou *interrogateurs* ?

La plupart du temps, il se souvenait de ses mots. De sa colère.

Tu avais raison. Il ne restera rien, ni ici, ni ailleurs, ni de moi, ni de toi, ni de nous. Je pars de cette ville morte avant qu'il ne soit trop tard.

Ou bien était-ce…

Et toi ?

Tu comptes rester ici ?

*

De temps en temps, Jan lui donnait quelques nouvelles.

Elle est restée quelques mois à Brumaide pour aider son père à ranger la maison et les affaires de sa mère. Pour qu'il ne soit pas seul.

Silvio passait beaucoup de temps au laboratoire presque désert avec trois autres doctorants. Il se passionnait pour son sujet d'études : le *Trichoderma ressei* et ses applications dans les matériaux de construction.

Elle a rejoint sa petite sœur à la Capitale.

Il avait appris que lorsqu'on intègre des spores de ce champignon durant la fabrication du béton, cela lui conférait des capacités d'auto-cicatrisation.

Elle a été engagée au département de sociologie de la Bibliothèque nationale.

Dès lors qu'une fissure apparaît dans le béton, l'eau s'infiltre dans les interstices et réveille les spores du *Trichoderma ressei*. Celles-ci se mettent alors à produire du mycélium, formant un dépôt minéral qui comble le vide. Toute infiltration de pluie ou de graine est ainsi stoppée, et la fissure est bouchée. Lorsque le mur redevient étanche, les champignons forment de nouvelles spores à l'intérieur du béton, en attendant que le processus se répète.

Les élèves se faisaient rares.

Pourtant, les quelques étudiants de première année l'écoutaient attentivement. Il donnait ses cours comme il aurait conté des histoires.

Cet été, elle a accompagné son autre sœur – la grande, celle qui est pilote – dans la première traversée du pays en ballon dirigeable depuis soixante-cinq ans. Il y a eu plein d'articles, regarde.

Parfois, il écoutait. Parfois, il jetait un regard qui signifiait : *on ne parle pas d'Adèle.*

*

– Alors ? Tu as pu discuter avec ton arbre totem ? Qu'est-ce que c'est ?

Ana rosit.

– Charme.

Silvio ricana, mais elle ne se démonta pas.

– Silvio, essaie d'être un peu plus ouvert. Cette démarche a du sens à mes yeux et je voudrais que tu respectes au moins cela.

Ana s'assit et prit une grande inspiration.

– Je voulais te parler de quelque chose, déclara-t-elle tranquillement. Je ne me sens plus capable de vivre comme avant. Comme si rien n'avait changé.

– Tu veux devenir une Sénescente…

– J'ai trois jours de réflexion. Essaie de comprendre. C'est important pour moi.

– Tu veux quitter la maison ?

– Tu voudrais y rester ? Elle tombe en ruine. La rue se vide. Il me semble que désormais, le bonheur est ailleurs.

– Tu laisserais tout derrière toi ? Ta ville, tes amis ? s'exclama Silvio, incrédule.

– Silvio, on ne parle pas d'une mort. Je serai toujours dans les parages. Je pense que tu le sens aussi bien que moi, mais tu refuses de voir les choses en face. Vervilles touche à sa fin. Et les amitiés ne sont plus aussi nombreuses qu'avant.

Silvio s'assit et se prit la tête dans les mains.

– Tu sais, je suis sûre que tu trouverais ça intéressant, continua Ana. Les Sénescents racontent que le cycle des hommes est composé de stades similaires à celui des bois. Eh bien, il est temps pour moi de quitter la phase de maturité. Celle où les arbres interagissent et tissent des liens durables avec l'ensemble des individus qui les entourent. Cette phase est terminée. Il est temps d'accepter de laisser la place. Il ne s'agit pas d'un renoncement, mais d'accomplir la dernière phase du printemps continental. Le stade de la sénescence.

Elle attendit une réponse, mais Silvio garda le silence, sidéré. Les mots ne sortaient plus.

Ana le fixa du regard jusqu'à ce qu'il lève les yeux vers elle.

– J'aimerais tellement que tu comprennes cette vision du monde… La forêt sait ce qu'elle fait. J'ai décidé de lui faire confiance. Pour que s'achève la régénération continentale.

Silvio explosa.

– C'est des conneries tout ça! La forêt n'a pas de cerveau. Pas de plan stratégique. C'est Érable qui te raconte tout ça?

– Tu as le nez trop collé à ton microscope pour voir le motif dans son ensemble. Vois par toi-même: les villes pourrissent. C'est terminé.

– Je n'y crois pas, souffla Silvio. Maman, il n'y a pas eu de grande concertation sylvestre au cours de laquelle une invasion aurait été planifiée. Le monde vivant n'a ni cœur ni tête, encore moins de morale. C'est dangereux de lui prêter une humanité. La recolonisation continentale a lieu parce que le hasard et les mécanismes évolutifs ont rendu certaines espèces plus résistantes, plus agressives. Et parce que les hommes se résignent et abandonnent. Il n'y a rien de plus!

Mais les yeux d'Ana brillaient de flammes et sa voix se raidit.

– Tu n'y es pas du tout, répliqua-t-elle. Tu sépares des choses indivisibles. Il n'y aura ni gagnant, ni perdant, car il n'y a aucun sens à dresser une frontière entre nous et le reste des mondes vivants. Cette séparation n'existe pas. Simplement parce que nous sommes déjà la nature.

Tout son corps était tendu, sa mâchoire serrée. Elle prit une longue inspiration et l'irritation reflua. La fatigue avait disparu. Le calme était revenu.

– Il y a tellement plus à vivre que conquérir des ruines et des souvenirs, dit-elle doucement. Il y a trois choix possibles, Silvio.

Ta sœur a choisi d'agir.

J'ai choisi de ne pas agir.

Toi, tu choisis de ne pas choisir.

Et, dans ses yeux, il vit que le troisième choix était le pire.

*

Le premier jour, il se rendit au bureau de poste pour laisser un message à Solène.

La solitude l'étouffait comme un air liquide et froid. Il la percevait jusqu'au fond de ses bronches, à chaque inspiration glacée. Il entendait grouiller sur son corps l'armée bactériologique et fongique de son écosystème, mais la solitude ne le quittait pas. Il la sentait bourdonner à ses oreilles, ramper sous ses ongles et vibrer entre ses côtes. Il aurait voulu s'arracher la peau, les cheveux, extirper par poignées ces sales bestioles qui lui couraient sur l'échine. Les jeter par terre et les abandonner, les laisser derrière lui. Elles n'avaient qu'à coloniser le premier imbécile qui passerait, et Silvio s'occuperait désormais de ses peaux mortes tout seul, la coopération s'arrête ici, merci pour tout.

Le deuxième jour, le malaise s'intensifia.

La conscience d'être coincé dans un cerveau coincé dans un corps.

Conscience d'être coincé.

Conscience d'être.

Pourtant, dans un recoin silencieux de lui-même, il savait que son microbiote interne ne grouillait pas, ne bouillait pas, ne bourdonnait pas. Pas vraiment. Mais parfois, il est plus rassurant d'accuser des petites bêtes, microscopiques mais réelles, que d'incriminer sa raison.

Le troisième jour, Ana partit.

Que reste-t-il, Adèle ?

Pas Ana. Elle est partie vivre dans les bois. Il ne reste que Charme.

Le troisième jour, Solène lui répondit : *Viens. Tu ne peux rien faire de plus là-bas. Ici, il y a des choses à faire.*

Que reste-t-il, Adèle ?

Il restait les souvenirs.

Il prit une journée et une nuit entière pour les dérouler, un à un. Il racla les fonds de sa mémoire jusqu'à la migraine.

Au bout de la troisième nuit, il ne trouva plus d'interstice. Chaque souvenir avait été exploré, classé, répertorié. Plus de faille où semer des graines de possibilités perdues. Plus aucune scène à déplier pour en examiner les recoins. Ça ne prenait pas tellement de place, au bout du compte.

Le quatrième jour, il fit son sac et il partit.

*

C'est sous un torrent de pluie que j'aperçus enfin la silhouette fourchue de la Capitale. Les échafaudages et les tours squelettiques se détachaient dans le ciel encore noir. Je déposai mon sac au sol, le cœur battant sous mes côtes après la pente escarpée. J'aperçus une tortue gaufrée qui s'extirpait des racines d'un immense pin. Je m'assis à côté d'elle sur le sol mouillé couvert d'épines, le dos contre l'écorce rougeâtre du tronc, et m'abreuvai de la scène. Elle m'indiquait que j'avais replié ma tente pour la dernière fois, et que son poids gorgé d'eau ne pèserait plus que quelques heures sur mes épaules.

L'écho des hurlements qui m'avaient réveillé cette nuit résonnait encore, loin dans la montagne. Je n'avais pas aperçu le moindre félin dans les parages, mais j'étais certain qu'ils avaient senti ma piste et passé leur chemin.

Je distinguai peu à peu la ville à travers l'obscurité. Aucune lumière ne se détachait dans les rues ni aux fenêtres des immeubles. Y avait-il une panne de courant généralisée ? Je serais bien le seul à pouvoir le remarquer. Les coupures électriques se succédaient dans l'indifférence et peu de gens prenaient encore la peine d'appuyer sur l'interrupteur.

Je pouvais constater d'ici que le passé marécageux de la Capitale l'avait rattrapée. La pluie ruisselait sur les flancs de la vallée où se nichait la ville, trempée jusqu'aux os, embourbée dans ses marais.

Elle avait connu des jours meilleurs.

De ceux-ci, il ne restait qu'un tas de cure-dents noirs plantés dans une cité-éponge, semblables à de gigantesques bougies calcinées, dispersées sur un bric-à-brac d'immeubles. Lugubre gâteau. Je comptai. Trois tours achevées, deux en chantier.

Je savais que la ville tenait encore, malgré l'accélération du taux d'effondrement. Mais à la lueur froide de la lune, cette vision assoupie me serra le cœur. Au nord, un bras de la forêt Cree attaquait les quartiers les plus clairsemés. Elle encerclait progressivement la Capitale depuis plus de vingt ans. Elle avait tout son temps. Le spectacle se déroulait au ralenti, mais sa violence était palpable. La Capitale luttait.

Que reste-t-il, Adèle ?

Il reste ceux qui s'entassent dans les hauteurs pour fuir les terres pourries et leur faune humaine.

Il reste des hommes qui se disputent le ciel avec la cime des frênes et des tilleuls.

Question de survie pour les uns, jeu de pouvoir pour les autres. Qui, des hommes ou des arbres, sera le plus fort ?

Qui poussera le plus loin ?

Qui aura le plus gros tronc ?

DRYADES

Lorsque la mousse et le lichen s'installent, au début de la recolonisation, ils constituent la première strate qui permettra d'accueillir la suivante. La décomposition de ces espèces pionnières forme un substrat végétal sur lequel des individus de plus en plus grands peuvent s'établir, permettant la croissance progressive des arbustes.

C'est durant la dernière phase de maturité que les dryades apparaissent peu à peu. Leur bois est dense et dur, leurs racines profondes, et il leur faut parfois plus d'un millénaire de lente croissance sous le couvert d'autres espèces pionnières pour enfin dominer la canopée.

1

Solène se trouvait dans la Souterraine. Le large boyau noir lui donnait l'impression de flotter à l'intérieur d'une anguille géante. Elle respira profondément. Le silence minéral allié au froid de l'eau avait le don d'apaiser les battements dans sa poitrine. À chaque descente, elle avait une pensée vers cette grenouille qui, pour lutter contre le froid, était capable de ralentir son cœur jusqu'à l'arrêter totalement. Elle vivait ainsi entre deux états, au fond de l'eau glacée, attendant que les rayons du soleil percent la surface gelée et la tirent de son sommeil hivernal. Solène aurait aimé faire de même. Se mettre en pause au fond, dans la vase douce et molle. Se réfugier dans cet univers aquatique et mettre en sourdine les problèmes terrestres pour remonter à la surface lorsque les conditions seraient meilleures.

Solène calma le flot de pensées décousues qui l'inondait chaque fois qu'elle respirait un air trop chargé en oxygène. Pour le moment, elle aurait juste demandé la capacité de ralentir un peu son cœur. De ralentir.

Elle rajusta la bonbonne dans son dos et fit volte-face. Ici, dans les eaux troubles de la Souterraine, ses mouvements accédaient à une grâce qu'ils n'atteindraient jamais sur la terre ferme. Elle donna le signal du départ et les trois plongeurs, battant lentement des palmes, avancèrent le long des voies en laissant échapper des paquets de bulles. La lumière artificielle leur donnait des accents fantomatiques. Solène n'aimait pas apercevoir les visages des autres scaphandriers sous leurs masques. La pâleur de leur peau et l'absence de reflets dans leurs yeux lui évoquaient systématiquement des cadavres en tenues de plongée.

Ils s'enfoncèrent dans le tunnel en laissant derrière eux la station Reine Marie et la carcasse inondée de la rame 653. Les consignes de sécurité en boucle dans sa tête. *Restez à distance du matériel roulant ferroviaire lorsqu'il est immergé. De petits animaux marins peuvent s'y être installés et présenter un danger.*

Jamais Solène n'avait aperçu la queue du moindre poisson près des wagons abandonnés sous deux mètres d'eau douce. Juste celle d'un rat, une fois.

Il devait néanmoins y avoir un tas de bestioles sous-marines : elle voyait les algues frémir au fond du tunnel, dans la lumière de sa torche. On y distinguait à peine les rails.

La première inondation du réseau de la Souterraine remontait à une dizaine d'années. Personne n'avait été surpris. La bataille qui durait depuis plus de quatre décennies contre la nappe phréatique – ajoutée à trois jours de précipitations continues – était venue à bout des cent quatre vieilles pompes encrassées d'algues. Le réseau souterrain de transport avait nécessité six mois de réparations et de drainage avant sa remise en service. Au cours des trois années suivantes, les inondations ne laissèrent que quelques mois de répit chaque été pendant lesquels les rames circulèrent. Durant chaque phase aquatique de la Souterraine, un réseau clandestin de transport par radeaux – les ramettes – se mit en place, de plus en plus rapidement : la faible immersion des tunnels permettait aux embarcations plates de naviguer d'un bout à l'autre de la Capitale en évitant les bouchons de la surface, et surtout ses rues défoncées par la végétation.

La Nève mit définitivement fin à ces moyens de déplacement souterrains. Deux ans auparavant, elle s'était engouffrée de toutes ses forces dans les tunnels, profitant de l'éboulement soudain d'une partie du quai des Saules, un matin de janvier. La Nève avait maintenant deux visages : l'un coulait paisiblement à la surface de la Capitale ; l'autre se déversait dans les galeries de la Souterraine, irriguant les profondeurs de la cité, alimentant ses marais et imprégnant ses fondations. Elle réunissait ensuite ses bras dans un même lit, au sud de la ville, puis suivait son cours en sillonnant la forêt Cree jusqu'à Bruis-les-Bois avant de se jeter dans la mer, loin, très loin après.

Solène passait moins de temps à effectuer des opérations sous-marines qu'elle ne l'avait pensé lors de son affectation à l'équipe de génie civil fluvial. L'inspection de la Souterraine, secteur par secteur, devait être rapide et efficace. Entretien des pompes. Évaluation des structures immergées. Stabilité des fondations. Planning d'étançonnement. Sortie au niveau de la station Porte-à-Voile et débriefing avec le reste de l'équipe à l'entrée de l'ancien quai ferroviaire. Le trio de scaphandriers n'avait pas le temps de se laisser porter au gré des remous et des pensées.

*

Solène sortit de la gare d'un air maussade et se mit en route pour rentrer. La pluie n'avait pas cessé de tomber. Cela ne la dérangeait pas. Elle goûtait l'humidité sur sa peau et la texture des bruits mouillés. Dans les rues désherbées, le martèlement des gouttes sur le goudron produisait un son crépitant et mécanique ; partout ailleurs, la pluie roulait et rebondissait sur des vasques de glycine avant de s'écraser dans la mousse. Ce n'était pas comme si elle risquait d'avoir soif, se dit-elle en s'essorant les cheveux dans le hall d'entrée de l'immeuble. Elle monta les escaliers jusqu'au troisième. Personne ici n'empruntait les ascenseurs, bien qu'ils aient été certifiés classe 2 moins d'un an auparavant.

En arrivant à son étage, elle s'arrêta net. Quelqu'un était assis devant sa porte. Un jeune homme d'une vingtaine d'années. Elle sentit les larmes lui monter aux yeux ; il était si grand, et si petit.

Silvio se leva d'un bond et la serra dans ses bras sans un mot.

*

Elle avait l'air d'une noyée.

Ses cheveux blonds, plus longs que dans ses souvenirs, ruisselaient sur ses pommettes hautes et sa fine mâchoire. Elle ressemblait beaucoup à Ana. Était-elle aussi petite chaque fois qu'elle revenait à Vervilles ? Trempée et dégoulinante dans le couloir, vêtue d'un imperméable jaune, l'eau semblait avoir délavé ses traits de plusieurs années.

– Maman m'a écrit que tu étais parti sans dire au revoir, dit-elle en ouvrant la porte.

Silvio leva les yeux au ciel.

– C'est elle qui est partie. Et elle ne compte pas revenir à la maison.

Solène ignora la remarque. Le soulagement avait fait place à l'agacement.

– Qu'est-ce que tu as fabriqué, Silvio ? Dès le jour où j'ai reçu ton message me disant que tu partais, je m'attendais à te voir débarquer ici. Cela prend moins d'une journée pour arriver en rectilien, et j'ai attendu chaque soir sur le quai à l'heure du Vervilles-Capitale. Depuis cinq jours ! J'ai pensé… J'ai cru qu'il t'était arrivé quelque chose.

– J'ai fait le trajet à pied.

– Bien sûr. Tu es venu à pied, sans me prévenir.

– J'aurais attendu des semaines avant d'obtenir une place dans le rectilien. Trop de temps. Trop d'argent. Les salaires de Vervilles ne sont pas ceux de la Capitale.

– Silvio ! Les bêtes sauvages pullulent aux alentours de la forêt Cree. Tu aurais pu te perdre ou te blesser cent fois. Tu aurais pu faire une mauvaise rencontre. C'était stupide et dangereux de partir seul. J'aurais payé ton billet, tu sais. Si tu me l'avais demandé.

Il haussa les épaules sans répondre et se mit à inspecter le petit appartement. Il n'était encore jamais venu depuis qu'elle y était installée.

Il ne trouva pas le moindre champignon sous l'évier. Pas de vigne vierge sur le balcon.

– L'immeuble est classe 1, dit Solène en l'observant. J'ai de la chance. Je vis ici seulement parce que je supervise les opérations de stabilité souterraine. Depuis l'accident de la Nève, le travail qu'on effectue en bas est primordial.

– Tu as plongé aujourd'hui ?

– Oui, répondit-elle distraitement. On a remarqué un affaissement souterrain au nord du secteur. Il faudra le tenir à l'œil. Mais raconte-moi. Tu as tout lâché pour venir ici ?

– Il n'y a plus rien à lâcher, là-bas. Officiellement, j'ai déposé une demande pour continuer mes recherches à l'Institut des Plantes de la Capitale dès la rentrée. Mais Vervilles est en train de mourir. Le labo est désert, les salles de cours aussi, les rues se vident.

– Et toi ?

Il fit un vague geste de la main.

– Tu sais que Maman se prend pour une sorcière des bois.

– Et alors ? Ta sœur joue à la sirène souterraine, rétorqua Solène. Et ton père est un fantôme. Tu as toujours été le normal de la famille, tu le sais bien.

Il la regarda gravement.

– Parfois, j'ai peur de devenir fou. Comme Papa.

Elle prit un air horrifié :

– Il n'était pas fou, qu'est-ce que tu racontes ?

– Tu ne te rappelles pas ? Le piano édenté. Le jour où il a appris que le grand réseau ferroviaire ne serait jamais terminé. Et Maman qui le met dehors.

– Silvio, c'est toi qui ne te rappelles pas. Tu étais trop jeune. Tu n'avais pas… tu avais dix ans.

Silvio cligna des yeux, perplexe.

– Maman et moi, on ne t'a rien caché, reprit-elle. Mais tu n'as jamais posé de questions. Tu te fermais dès qu'on abordait le sujet. J'ai pensé que tu ne voulais plus en entendre parler. Je ne savais pas que tu te faisais tes propres réponses.

– Tu as raison, je ne voulais pas savoir. Ce qui lui arrivait, ça m'effrayait. En fait, j'ai eu peur de vivre la même chose. Sa raison qui se dégradait en même temps que tout le reste. Les murs pourris qui lui parasitaient l'esprit… Je ne sais pas s'il a été heureux avec nous. Explique-moi. S'il te plaît.

– J'ignore si ce sont les moisissures de Vervilles qui l'ont rendu malade. Il l'était déjà, à mon avis. Ce qui est certain, c'est qu'à un moment, il a arrêté de prendre ses médicaments. Et il n'a plus supporté de voir son monde se décomposer. Maman l'a beaucoup soutenu. Elle l'aimait, elle a voulu l'aider jusqu'au bout. Mais elle nous aimait plus encore. Le jour du piano, il a traversé une telle crise qu'elle l'a emmené de force à l'hôpital. Il y est resté plusieurs semaines. Maman savait que plus rien ne serait pareil. Malgré tout, elle était prête à le laisser revenir. À condition qu'il accepte de se faire aider. Mais je ne suis pas certaine qu'il y voyait encore un sens, dès lors que le réseau n'existait plus, sinon dans sa tête.

– Et donc? Il a refusé de se faire soigner?

– Non. Deux mois plus tard, il s'est tiré avec une infirmière. On n'a plus jamais entendu parler de lui. Et Maman t'a annoncé qu'il était parti, mais je crois que c'était trop difficile de t'expliquer pourquoi. Bref, Papa débloquait un peu, mais il n'était pas fou. Et toi non plus.

Silvio se leva et détourna les yeux vers la fenêtre. Il resta muet un instant, mais ses yeux brûlaient. Étrangement, il se sentait soulagé d'avoir mis quinze années à découvrir les détails. Il y a des absences plus supportables que d'autres.

Solène s'éloigna brusquement en marmonnant qu'elle allait préparer du thé.

Elle disparut dans la cuisine pour faire bouillir de l'eau dans une casserole et y jeta quelques feuilles de sauge des bois.

Au bout d'un moment, Silvio se racla la gorge et s'assit.

– Et… comment ça se passe ? Dans la Souterraine ? lança-t-il depuis le minuscule salon.

– On renforce et on colmate à longueur de temps pour contenir la Nève, mais tous les bâtiments construits sur le tracé de la Souterraine sont en sursis. Ce n'est pas tenable. Le Conseil envisage de creuser les sols pour exhumer la rivière. Cela permettrait de recréer un réseau de canaux à ciel ouvert à travers la ville. Il y a plein de gens qui ne demandent que ça – pouvoir naviguer en ramette sur la Nève dans l'ancien réseau ferroviaire immergé, comme au temps des inondations souterraines.

– Ce serait pas mal, non ?

– Peut-être. Une autre possibilité serait de boucher entièrement la zone effondrée du quai des Saules, et d'effectuer les réparations nécessaires pour remettre en route les rames électriques en installant des générateurs solaires. On ajoute quelques dizaines de pompes pour drainer les tunnels et on rabat profondément la nappe phréatique. En général, les partisans de cette option sont les mêmes qui angoissent à l'idée que leurs fondations pourrissent et s'écroulent un jour dans la Souterraine.

– Tu m'étonnes, dit Silvio en acceptant la tasse fumante que lui tendit sa sœur.

Elle s'assit en tailleur sur un coussin en face de lui et reprit :

– Le Conseil capital n'a pas tranché. Les deux solutions représentent un budget monumental et suffisamment de défis techniques pour les dix prochaines années.

– Est-ce vraiment le Conseil qui décide ?

Il y eut un silence.

– Tu veux parler des détourneurs.

L'ombre de la tour numéro trois s'étendait presque jusqu'au balcon. Le premier étage de la structure démesurée était déjà trop loin du sol pour qu'on y distingue une figure humaine, mais en observant les milliers de silhouettes floues qui s'agitaient à travers les centaines d'étages de verre et d'acier, loin au-dessus de lui, Silvio avait pensé à une gigantesque fourmilière verticale. Il n'y avait pourtant rien d'organique dans ces formes droites et régulières. Les piliers qui soutenaient sa base étaient si larges qu'il aurait fallu deux hommes pour en faire le tour de leur bras. L'agencement complexe des poutres et des plateaux parfaitement boulonnés rappelait l'intérieur d'une horloge qu'on aurait retournée comme un gant, exposant le moindre de ses engrenages. Lorsqu'on mentionnait la Capitale, l'image de ces superstructures métalliques s'infiltrait dans tous les esprits. Plantées dans la terre comme dans le ciel.

– Ces tours, cracha subitement Solène, c'est comme… Comme les épines d'une rose. Elles sont profondément emmerdantes, mais elles n'empêcheront jamais le jardinier de couper tout le rosier s'il en a envie.

Silvio avait rarement entendu une telle amertume. Comme tout le monde, il connaissait les questions brûlantes qui agitaient la Capitale. Chaque ville se débattait avec ses problèmes territoriaux. Certaines luttaient pour s'adapter, d'autres parvenaient tout juste à ne pas reculer. On disait que plusieurs villages montagnards, accrochés au massif cuivré depuis neuf générations, s'étaient vidés de leurs habitants au cours des dix dernières années. On disait qu'il fallait remonter loin dans l'histoire des hommes pour retrouver une époque où existaient de pareilles étendues sauvages, dépourvues de toute présence humaine.

La grande fuite. Le raz-de-marais. La décomposition urbaine. La révolution champignonne. Plus personne ne parlait avec enthousiasme du grand printemps continental.

– Qui est le jardinier, Solène?

Elle ne répondit pas.

– Elles ne tiendront pas, continua Silvio. Tu le sais. En arrivant ce matin, je l'ai vu. Ça a commencé, c'est léger, mais perceptible: elles s'inclinent.

– C'est difficile à dire. Elles pourraient rester debout encore des décennies avant de chuter. De toute manière, ils ne veulent rien entendre. À cette hauteur, ils ne nous entendent plus. La plupart des gens, en bas, vivent des vies de calme désolation.

– C'est triste.

– Oui, mais c'est calme. Tu imagines ? Les inégalités sociales n'ont jamais été si importantes à la Capitale et c'est calme ! La moitié des gens qui vivent hors des tours s'est résignée à vivre dans des classes indéterminées. L'autre moitié attend de déménager dans ces mégastructures en construction. Il n'y a presque aucun autre chantier en cours et pourtant, les logements de classe supérieure sont rares et ils ne sont certifiés que pour dix années. Les détourneurs sont en train de gagner le contrôle de l'immobilier. Tu es arrivé par la vallée, non ? Tu as vu ce qu'il s'y passe. Comment les gens y vivent.

Silvio se remémora la traversée des champs de containers et des rues de débris. Il était au courant de l'existence de cette seconde ville spontanée. Elle ne se trouvait sur aucune carte, mais il en avait entendu parler. La voir de ses yeux avait été un choc. Dans l'épaisse jungle de tôle et de tourbe, aucune désherbeuse ne passerait jamais.

– D'où viennent tous ces gens ?

– C'est difficile à dire. Ceux qui y vivent sont issus du croisement de plusieurs populations, je pense. Il y a ceux qui ont voulu s'isoler des autres constructions humaines pour minimiser les risques d'écroulement. Ceux qui ont voulu reprendre le contrôle de leur habitat et s'affranchir des menaces urbaines. D'autres ont échoué là dans leur quête d'une vie meilleure, fuyant la violence de leur village trop sauvage. Il y a ceux qui rêvaient de retrouver le confort et la sécurité après avoir quitté leurs logements insalubres et se sont retrouvés bloqués là. Ils attendent de pouvoir s'installer eux aussi dans les hauteurs d'une tour. Certains n'auront jamais assez d'argent pour y arriver. Il y a des nomades. Des habitants de la ville dont le logement s'est effondré. Il y a tous ceux qui cherchaient à vivre autrement. Inutile de dire qu'entre les détourneurs, les habitants à l'intérieur et à l'extérieur de la ville, la population est divisée.

– Et tout se passe comme ça, désormais ? Une Capitale coupée en deux après décantation des populations ? Le haut bien séparé du bas ?

– Ce n'est pas aussi simple. Et tu n'imagines pas l'inertie du Conseil, dit Solène d'un ton exaspéré.

– Qu'est-ce qu'on fait, alors ?

– Je ne sais pas. Personne ne sait.

– Si, tu sais, Solène. Je t'écoute réfléchir depuis que je suis né. Tu diriges le département des opérations souterraines. Tu rejoindras le Conseil aux prochaines élections, tout le monde s'en doute. Tu as du poids. Tu dois t'en servir. Ne me dis pas que les gens ne t'entendent pas. Qu'ils ne te croient pas.

– Tu ne comprends pas. Ici, ce n'est pas comme à Vervilles. À la Capitale, tout est prétexte à un rapport de force. Que ce soit avec les ingénieurs scaphandriers de mon équipe, avec les membres du Conseil ou parmi les chercheurs de la Fabrique… Chaque groupe de gens, quelle que soit sa taille, c'est comme… Comme un dipôle magnétique, tu vois ?

Silvio haussa un sourcil.

– Honnêtement, non.

– Comme un aimant, poursuivit Solène d'un ton agacé. Un aimant possède deux pôles opposés. L'un attire et l'autre repousse. Si tu le coupes en deux, tu obtiendras toujours deux aimants possédant chacun deux pôles magnétiques opposés, et tu peux le couper autant de fois que tu veux, tu obtiendras toujours le même résultat. On ne peut pas isoler l'un des deux pôles. Les groupes de gens, c'est pareil. Tu peux imaginer un groupe de la taille d'un pays, d'une ville, d'une famille ou d'une équipe de travail. Si tu le coupes en deux, tu obtiens deux nouveaux chefs. Tu peux diviser le continent entier en paquets de plus en plus petits, à chaque fois, un puissant et un faible seront générés au sein de chaque entité. Il y aura toujours un rapport de force, à chaque échelle. Ça m'épuise. Tu n'imagines pas les luttes que ça représente. Contre les autres. Mais surtout contre soi-même.

Elle souffla sur sa tasse et but une gorgée, lentement, avant de poursuivre.

– Parce que ce rapport de force, il existe également dans chaque individu – chaque personne, indivisible, reste un dipôle. Chacun possède un pôle fort. Puissant. Celui qui sait, qui ne se laisse pas marcher sur les pieds. Il parle et on l'écoute. Et un pôle faible. Celui qui doute, qui s'écrase. Il se tait et obéit. Et chaque décision est un combat entre ces deux pôles intérieurs, celui qui veut diriger et celui qui préfère obéir sans faire de vagues. Chaque jour, il faut se convaincre avant de convaincre les autres. Souvent, tu fais semblant que tu sais, que c'est toi le pôle fort. Et avec les années, le masque finit par s'incruster. Tu ne te rappelles presque plus la couleur de ta peau en dessous. La couleur de ton pôle faible. Tu ne veux pas qu'ils le voient en toi, surtout pas… Mais tu n'imagines pas le nombre de fois où je me suis vue par leurs yeux. C'est comme avoir le vertige en regardant à l'intérieur de soi-même, jusqu'à en avoir la nausée. *Solène la petite sirène.* J'entends le mépris lorsqu'ils m'appellent comme ça. J'entends que ma voix n'est pas assez grave, que mes bras sont trop légers, que mes cheveux sont trop longs et le sommet de ma tête pas assez loin du sol.

Silvio allait protester, mais elle l'arrêta d'un geste de la main.

– Et parfois, poursuivit-elle en détachant chaque mot, c'est trop difficile. Quand tu te rappelles que tu joues à celle qui sait, que c'est la chance, les autres, le hasard, qui t'ont menée jusque-là. Alors, tu inspires jusqu'à ce que la panique soit réduite à une bille de plomb qui pèse lourd, si lourd, mais reste invisible. Toi, tu la vois, tu la sens. Mais les autres ne le savent pas. C'est ce qui compte.

Solène reprit sa respiration et plongea son regard dans le breuvage noir.

– Pourquoi as-tu peur des autres, Solène ?

– Je n'ai pas peur.

– Tu as des alliés partout, mais tu ne les vois pas. Tu penses que tu es seule, mais ce n'est pas vrai. Je suis là. Je suis avec toi.

Solène soupira.

– Qu'est-ce que je te répète depuis que tu es né, Silvio ?

– De ne pas mettre mes doigts dans mon nez ?

– Non. Ne compte pas sur les autres pour prendre soin de toi ; prends le soleil dont tu as besoin, car d'autres seront contents de pousser dans ton ombre.

– Je me rappelle.

– Eh bien, ce n'est pas vrai. Personne ne veut rester dans l'ombre à la Capitale.

– C'est ta métaphore entière qui est à jeter, si tu veux mon avis.

– Je ne le veux pas, ton avis, jeta-t-elle d'un air de défi. Ni celui de personne, d'ailleurs. Mon bonheur n'est pas lié à celui des autres. Encore moins à leur présence, finit-elle par lâcher.

Elle savait qu'elle toucherait juste et le regretta presque.

– Tant mieux pour toi, répliqua Silvio d'une voix dure. La vie est plus légère si tu ne sens pas ce fil qui t'attache au poids des autres, c'est vrai. Je suppose qu'ils te paraissent lourds et inutiles. Alors, je te souhaite de toujours avancer sans t'arrêter. Car si plus aucun lien ne te rattache à rien, le jour où tu ne pourras plus avancer… il n'y aura personne non plus pour te tirer en avant.

Solène le transperça du regard, ses yeux noirs brûlaient. Elle se leva d'un bond, traversa la pièce et sortit. La porte claqua derrière elle.

Le problème avec Solène, c'est qu'elle désirait en permanence être ailleurs et, lorsque c'était chose faite, elle en crevait de solitude.

*

– Il faut que tu rencontres Rafael.

Elle n'avait pas encore refermé derrière elle lorsqu'elle prononça ces mots. Comme si elle reprenait simplement la conversation interrompue quelques heures plus tôt.

– Je lui ai parlé de ta formation en biologie, de ton sujet d'étude. Il pense que ton aide serait utile à la Fabrique.

– Solène, je suis désolé pour tout à l'heure. Je ne voulais pas te blesser.

– Non, coupa-t-elle. C'est juste que… Parfois, je suis épuisée de devoir me mesurer à des géants. Parfois, ça me décourage.

– J'ai choisi d'agir. Je vais t'aider.

Elle s'approcha et s'assit en face de lui.

– Je suis contente que tu sois là. On a besoin de gens comme toi à la Fabrique. Mais ce ne sera pas facile. Quand je l'ai rejointe, j'étais si enthousiaste ! Il y avait tant de chemins à essayer… C'est possible, tu penses, d'être nostalgique de mondes qu'on ne verra jamais ?

– Je ne sais pas, dit-il en se levant. Montre-les-moi.

*

Deux mois plus tard, une jeune fille aux cheveux châtains et aux yeux gris poussa la porte du labo. Elle vit les cils noirs penchés vers le bureau. Elle vit le tracé de la colonne vertébrale, parfaitement rectiligne. Elle dit simplement :

– Jan m'a écrit que tu serais ici.

Avec la lettre encore à la main. Les yeux ronds de surprise. Et sa voix d'île qui n'avait rien prévu de plus à dire.

Silvio sourit, l'œil toujours collé au microscope. Adèle n'était pas du genre à reposer le livre avant de l'avoir terminé.

2

Chaque jour, Solène croisait des milliers de corps. Elle entendait des centaines de timbres de voix, écoutait des fragments de périples qui ne se ressemblaient pas. Le vacarme, la cohue, les corps et les récits. Mais les regards étaient identiques. C'était comme cela que Solène repérait les nouveaux venus. Leurs paupières fatiguées, les coups d'œil perdus mais tranquilles, les sourcils froncés : les yeux de ceux qui venaient d'arriver racontaient la même histoire. Le crépuscule, l'entêtement, l'abattement, la fuite. Et toujours, l'entassement final.

Solène voyait tout cela. Elle avait eu les mêmes yeux.

Le soir où elle avait mis les pieds à la Fabrique pour la première fois, Rafael lui avait jeté nonchalamment qu'elle avait bien fait de suivre son instinct et de dégager de Vervilles ; il savait qu'elle fuyait autre chose que l'ennui d'une ville trop vite éteinte. Bientôt, avait-il conclu, il y en aurait des milliers comme elle, ressentant le même malaise, fuyant les cités mortes. Elle l'avait pris pour un fou.

Rafael, lui, n'avait jamais eu ces yeux perdus de voyageur en bout de course. Il semblait tout savoir avant les autres. Il était né à la Capitale, il y était resté, et c'était probablement l'explication : il les avait tous vus arriver, depuis le début. Il savait convaincre, mais seulement parce que c'était simple : il suffisait d'un peu de logique pour prévoir la suite. Rafael vivait et pensait en organigramme. Il considérait que tout pouvait se décliner en deux ensembles distincts (et trois sous-parties à l'occasion). Il lissait son vieux T-shirt noir, il soufflait, lentement, quelques pointillés de fumée grise, et sur le ton de l'évidence : *Aujourd'hui, il y a deux façons principales de crever sous l'architecture carnivore.* Il avait juré d'y mettre fin. *Elle mange soit ton corps, soit ton âme.*

D'abord, les murs anciens, lourds et fragiles, qui ploient, se décomposent et brisent les os. Ensuite, les structures neuves des détourneurs, hautaines, répliquées et planifiées, qui divisent et font sombrer moralement. Cela faisait douze ans qu'il voyait ces deux architectures se mélanger dans la Capitale, la plus haute toisant la plus précaire – croyant la remplacer bientôt – toutes deux infâmes et carnivores.

Rafael avait rejoint la Fabrique pour mener ces deux guerres. Il en serait le général. Il avait émis beaucoup d'idées, les déclinant toutes en méthodes et en possibilités. Il voyait plus loin que les autres. L'architecture avait été décomposée de force en même temps que la société. Sombre période, Rafael en convenait, mais il fallait laisser faire les architectes, maintenant. Ils allaient ramasser les débris, trier et recomposer tout cela. C'était la seule solution – pour lui et ses semblables, bien entendu. Car un phénomène le fascinait : les gens qui vivaient loin, à l'extérieur de toute vie urbaine. Les quelques excentriques qui avaient réussi l'exploit d'y *habiter*. En comparaison, Rafael regrettait son propre statut d'inadapté. Car il en était persuadé : c'était là que le groupe humain se séparait, à présent. Les adaptés, disait-il, retourneraient progressivement aux arbres comme ils en étaient venus. Déjà, ils s'enfonçaient dans les montagnes et les forêts sans se retourner, lent exode qui se poursuivrait durant un ou deux millénaires. D'où venait cette impulsion ? Avaient-ils une peau différente, devenue carapace imperméable au froid, à la peur et à l'incertitude ? Ils étaient nés avec ça au fond des tripes, c'était manifeste. Mais Rafael aurait parié qu'aucun d'eux ne le savait avant d'en avoir eu besoin. Il avait conscience d'être du côté des perdants. Mais en attendant, il fallait bien vivre, et grâce à lui, peut-être les inadaptés vivraient-ils mieux et plus longtemps.

C'est qu'elle était immense, l'armée des désarmés. Et il fallait bien les loger. Ils avaient la manie de se rassembler, avait remarqué Rafael. Il voyait les inadaptés comme lui s'accrocher à leurs vieux habitats, se battre, jouer à la ville et y être malheureux. Ils établissaient des règles et des certifications, votaient au Conseil et exécutaient les décisions. Comme si tout était normal. Ils n'avaient pas osé partir. *Nous ne sommes pas tous nés avec le gène de l'incivilisé...* répétait-il à qui voulait l'entendre à la Fabrique. Il avait l'habitude que les gens ne comprennent pas le monde aussi simplement que lui. Cela ne le dérangeait pas : chacun apportait une brique, et il était le seul à voir déjà la maison.

Deux ans auparavant, son équipe avait accueilli le frère de Solène. Cela avait suffi à faire pousser des branches inattendues sur l'organigramme des possibilités de Rafael.

*

Jan avait quitté Vervilles deux printemps après Silvio. Il en faudrait bien cinq de plus pour vider complètement le centre et il ne voulait pas être là pour y assister. Déjà, le silence d'un couloir d'hôpital commençait à courir dans les rues de son quartier. Jan était un tranquille qui n'aimait pas la tranquillité.

Nora avait voulu rester. Quant à leurs parents, ils étaient partis depuis longtemps. Quand le journal qui publiait ses articles avait mis la clé sous la porte, Jan n'avait pas réfléchi – il était monté sans billet ni projet à bord du premier rectilien en direction du nord. Il s'était endormi plusieurs heures dans une rame noire de monde et de fumée. Il avait fini par descendre à l'arrêt d'un village qui portait un nom si bizarre, si éclaboustillant, qu'il en avait ri et pleuré, même s'il était le plus grand d'une bonne tête au milieu du wagon embrumé où tout le monde pleurait, riait et descendait n'importe où.

Il n'y avait pas de village.

Jan avait passé une semaine, deux heures et quelques éternités à se balader seul au milieu d'une série de quais désaffectés entrecoupés de sapinières. Le silence l'oppressait, les oiseaux braillards du centre-ville lui manquaient. Le tapis d'épines sur lequel il traînait les pieds étouffait même le son de ses pas. Il devait se tordre le cou pour apercevoir la cime des pins démesurés – pour une fois, Jan évoluait dans un décor à sa taille. Cela ne l'avait pas empêché de tomber à genoux devant la première voix humaine qui s'était présentée à lui.

Elle avait des tresses emmêlées de plumes et toute une tribu derrière elle. *Ramasser des gars paumés, on fait ça tout le temps*, avait-elle déclaré, placide. Il l'avait suivie, se rêvant nomade à ses côtés pour une vie entière. Avec sa montre fendue, il ne voyait pas le temps passer. Il y avait toujours une musique à danser, une rivière à traverser ou une plume à caresser. Et puis la nuit frissonnante, la chasse, le feu.

Au bout d'une année, Jan s'était aperçu qu'il n'avait plus de temps à consacrer à cette vie-là.

Pouce levé, rectilien, gare, train, gare. Ensuite, à pied, il le fallait bien. Il était arrivé dans la ville à l'extrême est de la côte est. Il avait récupéré des lunettes et un travail. Il chercherait les Autres.

Par-delà la péninsule, les landes pleines de vent et d'orages, il avait trouvé la mer et les rochers. Il avait visé juste : la région côtière était le point de chute de ceux qui partageaient sa fascination pour les Autres. Il songeait qu'il devait exister un endroit symétrique, à environ six mille kilomètres, sur la côte ouest, où se pressaient d'autres gens qui, comme lui, avaient le mal du continent.

Une des premières choses qu'il fit en arrivant fut de se rendre dans un bureau de poste. Ses parents, sa sœur et ses amis furent ravis d'apprendre qu'il était toujours vivant. En échangeant avec eux par radiotélégramme, Jan comprit qu'il n'était pas à plaindre : dans le littoral, le taux d'effondrement restait relativement faible. Au fil des siècles, on y avait appris à construire malgré le salpêtre, l'érosion et l'humidité.

Il ne s'attendait pas à une telle frénésie. La péninsule vibrait de la clameur des foules, le jour comme la nuit, ambiance de stade ou de cirque. Jan s'acclimata. Ici, sa science des Autres lui ouvrait toutes les portes. Il pouvait continuer d'étudier leurs représentations et leur influence culturelle sur les populations continentales. Les Autres étaient au centre des débats et des chercheurs.

Il se fit engager comme consultant en sociologie des catastrophes aux services sociaux de la ville débordée. Elle fourmillait de gens nerveux, curieux ou désespérés, attirés par le rivage ou le passé portuaire de la ville. Par le passé, sa position en avait fait un lieu de transit intercontinental majeur. Si le moindre contact reprenait, croyaient-ils, c'est là qu'il s'établirait.

Certains venaient chercher de l'air et des perspectives, d'autres étaient prêts à tout pour retrouver leurs proches expatriés en Est. Jusqu'à en perdre la tête. Tous écumaient les rues comme des lions en cage, jusqu'à ce que la rumeur des émeutes éclate dans le vieux port.

Au bout d'un moment, Jan remarqua que la démographie locale était plus subtile que ce qu'il avait cru. Outre les autochtones, il rencontrait un tas de gens qui n'avaient pas le moindre intérêt pour l'Est et l'Ouest. Ils venaient de partout et avaient échoué là par hasard. Il en arrivait toujours plus. Jan n'avait jamais vu autant de monde se rassembler sans le faire exprès.

Adèle finit par le mettre au courant lorsqu'il lui fit part de son étonnement dans une lettre. Elle lui expliqua qu'il avait passé trop de temps hors du monde, à courir les bois, que la vie avait continué trop vite pendant ce temps-là et qu'à l'Observatoire de la Bibliothèque, le phénomène était baptisé depuis des mois. Jan s'était installé dans une *ville trou noir*.

*

C'est à l'Observatoire du Printemps qu'Adèle avait tout appris sur les villes trous noirs. Le département, fondé quinze ans auparavant au sein de la Bibliothèque nationale, profitait de la situation géographique et administrative de la Capitale pour développer une vue d'ensemble des événements printaniers. Ils avaient perçu l'importance d'étudier les courants pour prédire les mouvements.

Depuis un an, l'Observatoire recensait les villes trous noirs. *Si les autorités communales pratiquaient moins la politique de l'autarcie*, pestaient les chercheurs, *on les aurait remarquées bien avant!* Aucune d'elles ne semblait avoir conscience de ce statut. Si bien que, pour l'instant, seuls les démographes de la Capitale étudiaient et débattaient des effets de la gravitation urbaine. Les villes trous noirs étaient peu nombreuses et éloignées les unes des autres. Cependant, leur rayonnement comme leur pouvoir d'attraction étaient considérables. Au-delà d'un certain seuil démographique, ces entités devenaient si lourdes qu'elles semblaient s'enfoncer dans la carte continentale, et les populations alentour glissaient inexorablement sur les pentes du gouffre. Jusqu'à échouer dans la ville pour l'alourdir encore.

Une ville trou noir pouvait se déclarer dans une métropole ou, plus rarement, dans une simple bourgade devenue tentaculaire sans que l'on sache pourquoi. La plus massive de ces géantes restait la Capitale. Elle aspirait une constellation de villages et de hameaux qui, d'année en année, coulaient vers ses flancs. D'abord, une fuite au goutte-à-goutte de quelques habitants, ensuite, le printemps venu, un torrent d'exilés s'était greffé à la cité. Ceux qui ne voulaient pas partir désiraient encore moins rester seuls, alors, ils suivaient.

Tous les autres départements de la Bibliothèque reçurent une formation sur les migrations printanières et la gravité urbaine.

Adèle, qui voyait tout mais n'en disait rien, sauf à Silvio, avait remarqué qu'une minorité de nouveaux venus ne restaient pas. Au contraire des citadins qui semblaient chaque jour plus lents, eux ne tenaient pas en place, ils tournaient en rond jusqu'au jour où ils s'arrachaient à l'attraction urbaine, comme catapultés ailleurs. On n'en entendait plus parler.

*

Ils marchaient le long du quai, pressant l'allure dans l'air froid de la fin du jour.

L'Observatoire avait présenté son rapport le matin même. Les derniers recensements indiquaient une diminution démographique nationale et continentale. Comme le reste du public dans la salle de conférence, Adèle avait bondi sur sa chaise. Tandis qu'elle lui résumait leurs conclusions, Silvio écoutait, incrédule. Sur les bords de la Nève, dans toutes les rues qu'il avait empruntées ce jour-là, à la Fabrique ou à l'Institut des Plantes, partout, il y avait foule.

– Les démographes sont formels, disait Adèle. On ne le sent pas parce qu'on est dans une zone densément peuplée. C'est inévitable, selon eux, que les humains se regroupent dans les grandes villes en cherchant à fuir la peur ou la solitude.

Ce n'était pas un mauvais calcul, pensa-t-elle : à la Capitale, chacun se côtoyait dans le calme et le désintérêt la plupart du temps, à défaut de bonnes relations. Les individus restaient tranquilles. Mais il suffisait que les communautés se heurtent pour que le ton monte et que la violence déborde.

– D'après Rafael, il y a un autre facteur qui les attire ici.

Adèle fronça le nez. Elle ne l'avait vu que quelques fois à la Fabrique, ce qui lui convenait très bien.

– Les tours, je suppose ? La sécurité promise par les détourneurs ?

– Il prétend que la présence des tours rassure les *inadaptés.* Les urbains dans l'âme. La ville attire ceux qui ne sont pas capables, ou qui n'ont pas la force de vivre loin des habitats traditionnels. Je me sens un peu vexé. Tu te sens inadaptée, toi ?

– Ou alors, c'est parce que la Capitale représente un noyau central dans les voies de communication nationales, que tous les rectiliens y passent, et que les rues y sont plus désherbées qu'ailleurs.

À la Fabrique, Adèle avait demandé à Rafael s'il savait quels types de nouvelles constructions émergeaient dans d'autres villes surpeuplées. Il avait balayé la question : « Quelle importance, il n'y a pas des centaines de possibilités ; je te le garantis, Adèle, au bout du compte, toutes les villes continentales touchées par le printemps se relèveront de la même façon, parce qu'il n'en existe pas mille pour se remettre d'un truc pareil. Deux, à la rigueur. »

Ils contournèrent deux pêcheurs assis au bord de l'eau. Concentrés, le regard plongé dans la rivière, s'échangeant des monosyllabes par-dessus les brochets et les épinoches.

– N'empêche, reprit Silvio, Rafael avait anticipé les fuites vers des villes trous noirs il y a des années. Ce type voit des choses qui m'échappent complètement.

– Mais s'il regarde toujours au même endroit, je ne suis pas sûre que ce qu'il voit soit intéressant.

Parce que le vrai trou dans la carte, songea Adèle, c'étaient ces zones silencieuses et anonymes qui ne subissaient pas la gravité urbaine et, par conséquent, n'intéressaient plus grand monde. Loin des stations du rectilien, entre les trous noirs et les hameaux fantômes, il restait un océan de villages et de villes moyennes. Elles se perdaient au cœur de landes dépeuplées dont on ne savait rien. À moins, bien entendu, de se rendre sur place. Ou de discuter avec quelqu'un qui avait rencontré un autre dont le frère savait de source sûre qu'à Pointe-Claire, « ça allait à peu près. » Si Adèle avait une vague idée de ce qu'il se passait à Brumaide et à Vervilles, pour le reste, elle devait prêter l'oreille aux rumeurs. Les journaux sur lesquels elle mettait la main semblaient se spécialiser dans les nouvelles ultra locales – mais quand bien même, elle ne se fiait plus à la presse de la Capitale depuis un moment.

Il fallait vivre au cœur de ces villes trous noirs pour découvrir ce qu'il advenait du surplus de population. À la Capitale, les derniers débarqués s'agglutinaient dans les classes indéterminées de la périphérie – ou au centre pour les plus fortunés. Ceux qui avaient le malheur d'arriver sans plan, désœuvrés, étaient absorbés dans des abysses plus profonds encore : les chantiers privés des détourneurs ou les travaux publics de la Souterraine. C'est qu'il en fallait, des bras, pour édifier tant de matière si haut dans le ciel. Quand le courant venait à manquer, une main-d'œuvre fatiguée mais abondante prenait la relève. Coupures-claquages-délestages. Seuls les établissements scolaires et médicaux avaient droit aux générateurs depuis le black-out des Quarante-Six jours.

Ils s'arrêtèrent devant une échelle de fer forgé et descendirent l'un après l'autre sur le quai inférieur. Silvio détacha l'amarre d'une ramette et tous deux embarquèrent d'un geste habitué. Adèle donna un coup de pied sur la berge, ils s'éloignèrent, manœuvrant doucement la perche pour les amener dans le sens du courant. La seule difficulté consistait à éviter les embarcations plates qui remontaient la rivière dans la lumière déclinante.

Ils bifurquèrent ensuite sur la gauche pour s'enfoncer dans un bras secondaire de la Nève. Ils laissaient derrière eux les quais de pierre bordés de garde-corps en fer pour dériver entre des berges escarpées, grossièrement façonnées dans la terre et les gravats. Sous eux, la Souterraine éventrée, large d'une dizaine de mètres.

Il avait fallu deux années d'études et de travaux sans fin pour que le tunnel désaffecté d'une ancienne ligne révèle sa rivière. Des dizaines de bâtisses à démolir sur son trajet en surface.

Un mètre et demi de sol à déblayer, cinquante centimètres de voussoirs en briques à abattre. Une section après l'autre, comme on aurait épluché le dos d'un serpent de pierre pour en faire un crayon.

Sur près de huit kilomètres de voies navigables à travers la cité, le nouveau canal étalait à l'air libre ses eaux miroitantes et populaires, encombrées de ramettes. Il coupait à travers l'enchevêtrement de ruelles du centre-ville – dans les artères les plus étroites, la circulation était condamnée. La dentelle végétale y poussait comme une toile d'araignée.

Le reste des soixante kilomètres de la Souterraine devrait rester dans l'obscurité. La ville comptait sur ses ingénieurs scaphandriers pour continuer l'inspection minutieuse des cinq autres lignes de transport inondées. Il fallait plus que jamais identifier les fondations pourrissantes pour évaluer les menaces d'éboulement. Les prochains travaux d'ouverture devraient attendre les fonds communaux, la fin de la crise du logement, et probablement la fin des détourneurs.

Sur leur embarcation, Adèle et Silvio savaient exactement comment garder l'équilibre et de quelle façon balancer leur poids d'un pied sur l'autre pour rectifier la trajectoire. Au fond d'une large chaussée, un tronçon de rivière serpentait entre deux rangées d'immeubles de bureaux désaffectés. Au-dessus d'eux, de lointaines conversations échappées par les fenêtres se mêlaient au murmure des roseaux agités. La moindre unité salubre évoluait en habitat ces temps-ci. Adèle, plongée dans ses pensées, se tourna soudain vers Silvio :

– Tu ne trouves pas ça dingue, quand même ? Qu'on en sache si peu sur le reste du continent ?

Silvio croisa les jambes sur le fond plat et déposa la pagaie dans la longueur de la ramette.

– Avant de partir de Vervilles, je savais à peine ce qu'il se passait en dehors de l'université. Solène me racontait ce qu'elle vivait ici, et je la croyais. Mais rien de ce qu'on entendait ailleurs n'était vérifiable. Les gens, tu sais, ils finissent par ne plus rien dire et ne plus rien écouter non plus, à quoi bon. Chacun a déjà trop de mauvaises herbes à arracher pour avoir le temps de se soucier du village d'à côté. Le reste du continent, n'en parlons pas.

– La loi du chacun pour soi… J'avoue que j'étais plus optimiste que ça pour la solidarité.

– Un cataclysme pareil, ça te fout en l'air tous les réseaux d'informations. Il faut du temps, ça reviendra.

– Les Autres ne sont jamais revenus, répliqua vivement Adèle. Toi, tu parles d'un cataclysme… Mais à la Bibliothèque, certains pensent que ça ne fait que commencer.

– Qu'est-ce qu'ils en savent ?

– Disons que les chercheurs connaissent la difficulté d'étudier quelque chose qui disparaît.

– Tu parles de la disparition des Autres ? Ou des moyens de communication ?

– Je parle du réseau global.

Ils entraient dans le vieux quartier industriel et, d'instinct, poursuivirent la conversation à voix basse. Dans la pénombre, les rives bordées de hautes manufactures de briques leur donnaient froid dans le dos. Silvio sursauta lorsque la ramette heurta un morceau de branche flottante. Il alluma sa torche. La Nève débordait jusqu'au pied des entrepôts couverts de lierre, les bosquets de saule blanc penchés vers l'eau. L'exploitation était progressivement laissée à l'abandon et l'accès périlleux aux bâtisses inondées décourageait l'occupation nocturne des lieux. Dans les toitures à sheds rouillées, le vent grinçait. Ils dérivaient, attentifs au moindre bruit, les trous béants des verrières semblant les suivre du regard.

Silvio s'arracha à la contemplation des berges pour se tourner vers Adèle :

– Quel réseau ?

– Celui qui nous empêche d'oublier.

Elle désigna un point de la friche industrielle enfoncée dans la bourbe.

– Regarde les ruines de la fonderie. Tu n'aurais pas pu deviner quel genre de lieu c'était avant que je te le dise. Maintenant, tu le sais, mais combien sommes-nous encore à connaître cette information ? Un jour, dans très longtemps, quelqu'un regardera l'ancienne fonderie et dira : *ça, c'est un beau bout de brique que j'ai trouvé dans le marais. Peut-être qu'elle faisait partie d'un temple des anciens. Peut-être qu'elle sort du fourneau où ils cuisaient les cailloux sacrificiels… Ou alors, elle vient du palais du roi-rivière.*

Silvio rit.

– Oui, mais maintenant, je le sais. Et je dirai à Solène : *Tu vois la fonderie, là-bas ? Écoute-moi bien, ce n'est* pas *le palais du roi-rivière, ce gars-là n'existe même pas.* Et Solène le répétera à Livia. Et ainsi de suite, pour ne pas oublier.

– C'est trop tard, dit Adèle en esquissant un sourire. On ne pourra pas empêcher les mythes de se propager, au détriment de la réalité et des connaissances. Parce que nous sommes trop loin les uns des autres. Le réseau est déjà trop abîmé.

– Tu parles à nouveau comme une anthropologue siphonnée. Explique-moi, ou je te décris en détail toutes les plantes palustres qu'on croise en rentrant.

– Bon… Tu vois, on avait un réseau bien tissé, les mailles toutes resserrées. Je ne parle pas du rêve ferroviaire de ton père. Je parle du réseau qui ne se voit pas. Celui des relations et des échanges. Ce tissu humain, les moisissures l'ont rongé. Elles y ont creusé des trous. Alors, il s'est enchevêtré, distendu… Le réseau n'est plus aussi dense et fréquenté. Les mailles se sont relâchées, elles s'effilochent. Alors, chacun tire sur un bout du fil pour l'interpréter, et commence à faire ses propres nœuds avec d'autres fils, n'importe comment.

– Quel rapport avec ton épidémie de mythes dans la réalité ?

– Les légendes et les mythes proviennent précisément de ce relâchement du réseau. On bouche les trous par des histoires. Le réseau les accepte et les intègre dans sa trame, car toute vérité est bonne à prendre, même si elle est fausse. La disparition des Autres, c'était le début du processus, le réseau déchiré en trois. Il n'y a pas si longtemps, on n'avait qu'une seule histoire. La vraie. Universelle. Chacun la connaissait et la transmettait. Mais le réseau de connaissances se détricote. Les interactions qui le tissaient solidement se réduisent. Il faudra s'en passer, bientôt.

Dans le silence des pensées qui suivit, un bruit éclaboussa la rive. Le sillon aquatique d'un rongeur à travers l'obscurité. Ils étaient parvenus à une section où le canal s'élargissait avant de reprendre sa forme initiale un peu plus en aval. Un tel bassin indiquait la présence d'une ancienne station immergée sept mètres sous la surface avec ses wagons rouillés. À gauche, un ponton en arc de cercle où tanguait une rangée de ramettes amarrées. Quelques marches de bois couvertes de vase qui remontaient vers la rue. À droite, la rive concave disparaissait sous les ronces et la boue. Silvio se rappelait la colère des urbains qui vivaient à proximité de la ligne en travaux. Ils n'en avaient cru ni leurs yeux, ni leurs oreilles. La présence de l'eau attirait une faune bruyante, volante et rampante aux alentours des nouvelles berges creusées. Au début, on protesta devant les flancs glissants de boue, couverts de broussailles, la prolifération de champignons et le claquement de bec des grands échassiers. On essaya même de mettre fin au chantier. On s'en accommoda, pourtant, il le fallait bien. Trois sacs d'orties pour une poule d'eau. Deux brochets contre un héron et un plant de pommes de terre. Sur l'humus des talus, on ramassait des bolets et des lépiotes dont le chapeau avait la taille d'une assiette.

– Mais ce réseau, il va continuer à se dissoudre pendant combien de temps ? dit Silvio tout à coup.

– Trop longtemps.

Le dépit dans la voix d'Adèle se changea en rêverie.

– Imagine, ajouta-t-elle, si le déclin du réseau humain se poursuit. Imagine après, bien après. Nous n'aurons même plus conscience d'avoir eu un statut particulier dans le règne du vivant. Lorsqu'il n'y aura plus que des landes sauvages et des tribus qui s'y baladent. Imagine les histoires qu'ils se raconteront autour des braises, pour justifier la beauté du ciel et les mystères de la nuit. Qu'ils s'émerveillent ou qu'ils aient peur, les hommes ont toujours raconté leur monde.

– Je préfère le reconstruire que le raconter, répondit Silvio en scrutant la berge. On arrive à la dernière station.

Adèle lui passa la perche et s'agenouilla pour démêler l'amarre.

– Dans ce cas, lâcha-t-elle d'un ton narquois, si c'est Rafael qui se charge de la reconstruction, je ne suis pas encore convaincue. Il a intérêt à faire mieux que les détourneurs.

Les rumeurs de la ville refluaient derrière eux, ils n'avaient croisé personne depuis un bon moment. Plus loin, la Souterraine disparaissait à nouveau sous sa voûte maçonnée pour remonter vers le nord de la ville dans les profondeurs du sol. La ramette se dirigea vers l'embarcadère. Ils sautèrent sur le ponton, dans le calme du quartier clairsemé.

Au sein de leur chancre végétal, les baraques s'effondraient sans se presser. Elles semblaient fusionner progressivement en une même entité géante de briques et de tuiles, tailladée de plates-formes et de passages. Par endroits, ils percevaient le son de discussions animées à la lueur des flammes. Après une passerelle de bois vacillant au-dessus des massifs de bruyères et quelques saluts échangés, ils arrivèrent au cœur du bric-à-brac urbain de la périphérie. Entre deux hangars de tôle, trois campements et quelques carrés de sorgho ou de millet sauvage – protégés tant bien que mal des herbes importunes – se trouvait un minuscule atelier couvert de mousse. Il était bordé d'un habitat encore plus singulier que tout le reste.

Silvio avait d'abord passé des mois dans les labos de la Fabrique à étudier un matériau de construction composite. Ensuite, il avait décidé d'expérimenter la méthode qu'il avait mise au point. Il avait ramené dans son atelier tout ce dont il avait besoin : quelques coffrages de bois, un peu de mycélium, d'eau et de substrat. Il laissait le champignon se ramifier dans le mélange, ajoutait une couche, attendait, séchait, recommençait. En quelques semaines, un maillage serré d'hyphes colonisait entièrement le substrat.

Il avait sorti du moule un bloc compact, solide et léger, puis deux, puis dix, ajustant chaque fois les quantités, le temps de séchage ou l'espèce fongique. Adèle s'était prise au jeu du chantier, elle aussi, et comme de toute façon ils ne se quittaient plus... Ils bâtirent une ossature de bois près de l'atelier. Ensemble, ils avaient ensuite fait pousser, brique par brique, une maison de mycélium. Comme des enfants construiraient une cabane avant d'y élire domicile.

3

Solène avait vu tant de regards, tant de vies parallèles et pourtant, l'étendue de son ignorance la frappait, parfois. Quelques mots jetés sur le papier pour lui rappeler tout ce qu'elle ne savait pas. Combien de mondes un continent pouvait-il contenir ? Combien d'existences pouvaient-elles se frôler en un instant, voisines et lointaines ? Elle s'interrogeait chaque fois qu'elle ouvrait la boîte en fer qui contenait son courrier pour y ajouter, pliée en quatre, une lettre de sa mère. Toujours étonnée d'y trouver matière à chavirer, entre deux banalités.

Il me semble qu'enfin, l'oubli nous est permis, l'indifférence nous est donnée, écrivait Ana.

Il y a quelques jours, Érable m'a demandé de l'accompagner. Il voulait revoir l'endroit où il a vécu plus d'un tiers de sa vie, la maison qui a vu son fils grandir et sa femme partir – en devenant Sénescent, il a quitté les lieux sans se retourner.

Nous sommes donc revenus à Verveilles par ce qu'on appelait le sentier des draveurs. Je me suis aperçue que, dans une autre vie, j'aurais pu rencontrer Érable chaque fois que je coupais par le bois pour t'emmener nager : il habitait à deux pas des bassins. Au début, c'est même dans ce coin-là que je voulais habiter. Tu aurais aimé, j'en suis sûre. Les allées calmes, les maisons recluses et lumineuses, les herbes vibrant de criquets… Mais cette partie de la ville était hors de notre portée.

Pendant des heures, nous avons vagabondé parmi les bâtisses écroulées et le feulement des chats sauvages. Nous n'avons vu personne. Érable n'a jamais retrouvé la trace de sa maison, ni de sa rue.

Il est vrai que les lieux, loin d'être abandonnés, grouillent d'une végétation dense et légère ; la pénombre sous la canopée empêche de repérer l'ancien tracé des rues, à travers la couche d'humus et de racines…

J'ignore si Érable a réellement oublié le chemin de sa vie d'avant ou bien si, une fois devant, il a choisi de ne pas s'en souvenir.

Solène se rappelait alors : sa mère vivait quelque part où maisons et souvenirs s'égarent comme des clefs. Dans la Capitale surpeuplée, elle l'oubliait.

Rassure-toi : toutes les fois où j'ai tenté de retrouver le chemin de notre ancien foyer, j'y suis parvenue. Dans les quartiers proches du centre-ville, la recolonisation progresse plus lentement qu'en périphérie. Il suffit d'avoir l'œil averti et le pied assuré, un peu plus à chaque visite. Je sais que si toi ou Silvio passez dans les parages, c'est à la maison que vous vous rendrez en premier ; alors je me satisfais de son état de décomposition encore peu avancé.

Certains jours, Solène se demandait si les certitudes maternelles ne tenaient pas lieu de folie sereine. Malgré les interrogations de sa fille, Ana n'avait jamais douté.

Parfois, je contemple des ruines et je n'y vois aucune beauté, écrivait-elle durant ses premières années de Sénescente. *Qu'il est étrange de souhaiter une forme de destruction quand on a été pacifiste toute sa vie. Mais je ne regrette rien : à la nostalgie du déclin succède toujours l'apaisement du renouvellement.*

Et de temps en temps, entre deux considérations épistolaires, l'effroi.

Solène, je te demande de ne plus venir me voir sans m'avertir.

Je sais que tu ne m'écouteras pas, alors je t'en prie : ne viens plus seule. Les alentours de la gare et les immeubles vides encore debout attirent ces jours-ci une drôle de population. Il y a des Continentaux que le printemps a fait vriller plus fort encore que le reste d'entre nous.

Chêne n'est jamais revenue de son dernier voyage à travers les marais. Cela fait presque deux mois. Tu me diras, c'est probablement un puma ou un ours – mais fais attention quand même.

Je ne sais pas quand je pourrai t'écrire à nouveau. Le bureau de poste semble toujours fermé lorsque j'y passe et parfois, on m'y jette des regards qui m'effraient.

Quelques lignes plombées d'incertitudes.

Alors, devant ces mondes inconnus et ces existences inquiétantes qu'on lui jetait à la figure, Solène ne savait plus rien, le temps d'une respiration coupée. La peur de voir famille et amis se changer en proie revenait à pas de loup. Insupportable.

J'ai hâte de repasser par ici pour trouver ta réponse, et – on peut rêver – peut-être un mot de Silvio. Quelles sont les dernières aventures de ma petite sirène au Conseil ? Que devient ta Souterraine ? Raconte-moi, car peut-être qu'un jour – si je n'ai pas oublié le chemin – je viendrai.

Je vous embrasse, toi et Livia.

Solène ignorait tant de choses, mais elle savait que les vies parallèles se croisaient souvent, et c'était suffisant. Elle souriait, refermait la boîte en fer et se mettait en quête de papier pour écrire une réponse.

*

Silvio s'arrêta soudain de marcher et se retourna vers la vallée.

– C'est d'ici que j'ai aperçu la Capitale le jour de mon arrivée. À l'époque, cinq tours se détachaient de la ville : trois debout, deux en construction. C'est tellement loin, déclara-t-il en secouant la tête.

Il tendit la main pour l'aider à se hisser sur le promontoire rocheux.

– La vue est superbe, admit Adèle en reprenant sa respiration.

Superbe n'était pas le mot. La Capitale s'étirait au fond de la vallée comme une immense écorchure. Une géométrie acérée dans un cratère de couleurs et de textures, bordé de bocages. On distinguait quelques lignes plus claires là où passaient les désherbeuses. Le spectacle était saugrenu. À cette distance, Silvio avait l'impression de contempler une étendue de lichen, la plus gigantesque et la plus laide qu'il eût jamais vue.

Ils gravirent les derniers mètres pour s'asseoir sur les rochers couverts de mousse et observèrent la cité en silence. Silvio jeta un coup d'œil entre les racines de son pin des marais – celui sur lequel il s'était reposé avant de descendre vers la ville – mais était-ce bien celui-ci ? Il y en avait désormais bien plus que dans son souvenir. Il n'aperçut pas la moindre tortue.

Le soleil était doux pour un jour d'automne et Adèle retira ses bottines pour étirer la plante de ses pieds. Des coulées de champignons, engendrées par les nuits saturées d'humidité, s'étendaient en longues striures claires jusqu'en bas, coupant à travers le chemin sinueux qu'ils avaient emprunté. Plus bas encore, des vestiges de champs de blé et de tournesols, étouffés par l'ambroisie ou les chardons. Dans les sillons verts, le millet poussait comme du chiendent sous les pluies saisonnières.

Que reste-t-il, Adèle ?

Il reste beaucoup à faire.

Elle observait la ville d'un air concentré.

– C'est difficile à se représenter, dit-elle en lui jetant un regard de côté.

– Je sais. Et pourtant, si on veut convaincre le Conseil, il faut qu'ils visualisent, sinon, ils n'y croiront jamais. Tu as vu les maquettes à la Fabrique, les plans et les dessins de Rafael, tu as fait pousser des briques avec moi. Imagine maintenant une énorme structure réticulaire. En acier ou en bois. Comme des milliers de cubes accolés, solidaires, composés uniquement de leurs arêtes assemblées. Une vingtaine de haut. Une centaine de côté. La plupart des montants font trois mètres et demi, mais certains sont beaucoup plus grands.

– Et puis ?

– Rien. Et tout. La structure est solide, elle résisterait des siècles. La garder visible permet de repérer les dégâts éventuels, voire de remplacer l'arrête dégradée. Chacun serait libre d'y construire murs et planchers comme il le souhaite, sur le nombre de modules dont il a besoin. Les briques de mycélium seraient particulièrement adaptées à cet usage.

– Les gens ne sont pas prêts à construire avec ça.

– Ils constateront par eux-mêmes. Les blocs développés à la Fabrique ne sont plus des prototypes comme les nôtres. Ils sont légers, isolants et résistent au feu. Ils supportent même les moisissures. Chaque foyer pourrait construire, entretenir et agrandir ses murs au fil des années. Chaque habitat se décomposerait doucement lorsqu'il serait désert et inutile. Imagine d'autres structures monumentales, avec des mailles d'autres formes, d'autres tailles, assez grandes pour accueillir tout ce qu'une ville trou noir pourrait attirer. Toutes reliées entre elles par des filaments d'acier. Des ponts entre les quartiers. Ainsi reliées, aucune ne s'affaisserait. Elles formeraient un réseau solide. Elles n'auraient pas besoin de fondations profondes. La Nève coule à travers leurs mailles, tout en bas. Et entre elles, les arbres poussent.

– Et tu y crois, toi ? Ça marcherait ?

– Probablement pas. Mais pour le moment, ce sont les idées qui comptent. Au fond, Rafael est fou. Mais de tout temps, il a fallu des idées folles pour ouvrir la voie.

Silvio réfléchit avant d'énumérer lentement.

– Résoudre la crise du logement et mettre fin aux classes indéterminées. Construire des structures solides, accessibles à tous. Où chacun pourra bâtir un logement à sa taille, qui durera le temps nécessaire. Sans maçonneries trop sensibles aux décomposeurs. Des réseaux structurels flexibles en fonction du temps et des besoins. En acier, pour la solidité ; ou en bois, puisque la charpenterie se transmet plus facilement que la métallurgie… Des réseaux de mailles, donc, avec des vides et des pleins au gré des besoins, loin des marécages. Des matériaux qui permettent à chaque habitant de construire son foyer, de le réparer, de le protéger. Un monde où chacun pourra apprendre à créer le sien, sans crainte qu'il ne s'écroule.

– C'est beau, dit Adèle, mais je ne pense pas que les habitants de la Capitale aient la force de tout recommencer.

– Peut-être pas. Peut-être qu'on commencera par reconstruire petit à petit. Remplir les trous. Une brique à la fois, un peu de mycélium pour reboucher les fissures. Et réparer la ville progressivement. Ce que je sais, c'est que ce sont ces trouvailles collatérales qui comptent.

– Oui, approuva-t-elle en fixant le cratère. Ce sont les idées qui *content*.

Une brise légère agita les fougères sous les pieds nus d'Adèle et lui chatouilla les orteils. Elle se tourna vers Silvio avec une expression indéchiffrable.

– Pour l'avenir, tu as raison, il faut des histoires. Des possibilités et des idées pour fantasmer les mondes futurs. C'est ton rôle. Mais pour le passé et le présent, il faut la vérité. C'est le mien. Une fois que le réseau s'effondre puis recommence, il ne reste que des souvenirs et des légendes. Des mots et des images qu'on ne peut croire ; des ruines qu'on ne comprend plus. S'il en reste.

– Ce n'est pas si mal, les souvenirs.

– Mais ils sont trop fragiles ! Les immeubles du siècle passé ne seront plus là pour livrer cette histoire. Nos architectures, celles qui s'étiolent aujourd'hui, ne seront plus là pour témoigner. Pour raconter ceux qui les ont habitées. Alors, les récits s'accumuleront et se transmettront dans le réseau abîmé. Mais qui choisira d'y façonner des vérités? Qui décidera de ce qui se transmet ou non? Les générations suivantes oublieront. On oubliera peut-être, nous aussi. Ça s'est déjà vu.

– Vraiment?

– C'est possible. Bientôt, ce sera comme si on vivait ainsi depuis un millénaire. *À Bordemure, ils ont toujours vécu sur de grandes cités flottantes. Comment pourrait-il en être autrement? Un peuple aussi fier ne pourrait pas s'enchaîner au rivage! Les réseaux mycéliens, c'est la Capitale, évidemment. Elle ne fait rien comme les autres depuis sa fondation. Le massif cuivré? Personne n'a jamais vécu là-bas. C'est trop désolé.*

– On peut oublier ce qui disparaît, mais la science n'oubliera pas le grand printemps continental, objecta Silvio. Le sol est bavard. Un passé d'agriculture ne produira pas les mêmes espèces végétales qu'un passé de pollution ou de densité urbaine.

– Tu as peut-être raison. Après tout, rien ne se perd, et rien ne se crée. Mais tout se transforme, et c'est là que ça se joue. Ce ne serait pas la première fois que toute une ville, que toute une civilisation disparaît sans qu'on comprenne pourquoi.

À ces mots, Silvio observa la Capitale d'un œil critique. Adèle songea à Vervilles, ensevelie sous les moisissures, à Brumaide, érodée par les algues et le sable.

– Je me demande comment ils expliqueront tout ça, dans quelques siècles. Leur héritage de ruines, de villes mortes et d'architectures démesurées.

– Ils ne raconteront pas la vérité, répondit Adèle. Parce que celle-ci disparaîtra dans un grand mythe fondateur, et chaque peuple aura le sien.

Elle sauta de son rocher et fit quelques pas. Elle leva les bras vers la vallée et s'écria de sa voix la plus brumeuse, plissant les yeux face au soleil:

Il fut un temps où les hommes vivaient dans de grandes tours de béton. Durant des siècles, ils vécurent en paix avec le règne fongique et le règne végétal, les trois royaumes en équilibre. Mais un jour, à force de vivre dans les hauteurs et le nez dans les étoiles, les hommes oublièrent de regarder en bas. D'observer l'infiniment petit. Ils oublièrent qu'ils partageaient leurs terres. Ils oublièrent qu'ils n'étaient que des hommes. Et dans leur vanité, non, pire! *dans leur indifférence, ils rongèrent des territoires qui ne leur appartenaient pas. Ils construisirent des palais, ils détruisirent des mondes entiers sans même les voir. Ils retournèrent tant et tant la terre, ils creusèrent si loin qu'ils finirent par réveiller les spores infernales qui dormaient dans les profondeurs. Et le raz-de-marée vert avala tout sur son passage avec son armée de décomposeurs. Séparés les uns des autres par des mers de forêts, les hommes apprirent à naviguer pour se relier. Ceux qui s'étaient regroupés commencèrent à rebâtir des villes sans voir ce que construisaient leurs voisins, car les arbres étaient trop hauts. Et ainsi, chacun vécut sans jamais plus emmerder son prochain!*

– Ça ne s'est pas du tout passé comme ça! s'exclama Silvio.

Adèle vint se rasseoir à ses côtés sur le rocher.

– Non, répliqua-t-elle, mais c'est comme ça qu'on s'en rappellera. Les hommes racontent n'importe quoi, pourvu que ce soit poétique ou moralisateur. C'était un exemple. Il y en aura des milliers d'autres.

– Elle est poétique, ta fin?

– Ce n'est pas la fin. Ce n'est que le début. Tu crois que c'est ça, le dénouement? dit-elle en englobant d'un geste ce qu'il restait de la Capitale, et ses structures de briques mycéliennes dont les mailles n'existaient pas encore.

– Non. Je pense qu'on n'arrêtera pas de chercher une meilleure solution.

– Pourtant... Quelqu'un m'a dit un jour que l'abandon était dans la nature des hommes, dit-elle avec un clin d'œil.

– C’est vrai. Mais ils abandonnent les culs-de-sac, pas la route. C’est ce qui compte, finalement, tu ne crois pas ? L’exploration de toutes les pistes, et pas ce qu’on trouve au bout.

Adèle roula des yeux.

– Ça, ce serait poétique, pour terminer un mythe fondateur. Si ce n’était pas vu et revu.

– Tu es dure. Je fais de mon mieux.

Ils se turent un instant, fixant l’horizon. Puis Adèle reprit, les yeux brillants :

– Je t’explique tout ça parce que… Je vais devoir partir. La Bibliothèque nationale m’a informée hier de ma prochaine mission. Je ferai partie des experts envoyés sur les traces de toutes ces vérités qui se perdent. Moi et une dizaine d’autres, dispersés aux quatre coins du continent pour écouter les miettes de l’ancien monde et les bribes du nouveau. La Bibliothèque sera le point de chute où tous ces fragments seront recollés et étudiés. Ils vont même nous fournir de vieux appareils photos qui fonctionnent encore. Je vais voir ce qu’il reste, ce qui se reconstruit ailleurs !

Silvio ne répondit rien. Il suivait des yeux le vol lointain d’une nuée d’oiseaux migrateurs.

Repensant à sa discussion avec Rafael, Adèle ajouta, l’air suspicieux :

– J’espère qu’on ne va pas tomber partout sur des variantes de ces ruches de métal monstrueuses que vos architectes imaginent dans les labos.

– Et pourquoi pas ?

– Cela m’étonnerait que des solutions similaires se développent ailleurs sur le continent. Dans des lieux qui ne sont plus en contact. Les mailles du réseau sont déchirées de partout, tu te souviens ? Chaque ville va tirer sur un bout du fil et recommencer à tisser son propre motif. Chacune avec le même héritage technologique et culturel, et pourtant déjà profondément altérée par son environnement direct. On ne peut plus faire plier le paysage comme on veut. Les territoires possèdent les hommes à nouveau.

– Et la Bibliothèque veut être témoin de tout cela. Tu vas devoir partir… et revenir.

– C'est l'idée, acquiesça Adèle. Mon rôle sera de collecter ces fragments, ces débuts d'histoires. Tenter de relier ces expériences urbaines locales. Je serai l'araignée qui court d'un bout à l'autre de la toile pour avoir une vision d'ensemble et la rapporter à la Bibliothèque. Je serai la géographe qui écoute les récits et redessine les bords de la cartographie. Ça va être passionnant. Et effrayant.

– On a vraiment besoin de nouvelles cartes ? interrogea Silvio.

– Des villages sont tombés et d'autres sont nés dans leur sillage. Il est temps de leur donner une existence de papier. Mais surtout, on a besoin de vérités. La dernière fois que le continent comportait autant de terres inconnues – c'était il y a très longtemps –, tu sais comment les cartographes remplissaient les zones vierges ? Celles où personne n'allait jamais – parce qu'à cette époque le monde était tout simplement trop grand et trop dangereux ?

Silvio haussa les épaules.

– Ils y dessinaient des dragons, répondit Adèle.

Il rit. Soudain, il se sentait léger.

– J'ai entendu parler d'une clairière quelque part dans la forêt Cree, au sud de Bruis-les-Bois, dit-il tout bas. Il y pousserait des champignons hauts comme des lampadaires. Avec des chapeaux grands comme des voitures. On dit que les plus imposants ont la taille d'une petite cathédrale.

– C'est impossible ! s'exclama Adèle.

– C'est possible. Mais ça ne s'était pas vu depuis le Dévonien.

– Au café des Saules, dit Adèle sur le même ton, il y a ce vieil homme, il vient souvent. Il raconte qu'un matin, il partait chasser à l'aurore, et la mousse s'est mise à murmurer sous ses pieds. Il n'a jamais retrouvé l'endroit précis.

– De Bruis-les-Bois jusqu'à Rivereine, il se raconte que tous les villages ont été engloutis par la forêt et les inondations. On dit que la Nève coule dans chaque rue et qu'on ne s'y déplace plus qu'en naviguant sur les bras tentaculaires de la rivière, perdus au milieu des sapins. La plupart des bâtisses sont accessibles seulement par bateau. On dit que le silence des sous-bois n'a jamais été aussi beau.

– On dit que des communautés entières habitent dans les arbres géants de Calame, et qu'elles ne mettent plus jamais le pied au sol. On dit qu'autour du cap de Seive, on vit sur de grands quais flottants et que personne ne s'approche de l'île aux fantômes ; elle est sacrée.

– Il y a quelques jours, Jan m'a écrit que des navires, loin sur l'horizon, ont été aperçus sur la côte est, ajouta Silvio. Il me dit que ce genre de rumeur éclate chaque mois. Mais il dit aussi qu'il veut préparer une expédition. Ils ne le laisseront pas faire. Il me dit qu'il va remettre en marche les vieux câbles télégraphiques au fond de l'océan. Ceux qu'on utilisait au siècle dernier pour communiquer avec l'Est. Il réussira peut-être.

– Ma sœur m'a rapporté qu'à Brumaide, des aérostats ont été vus dans le ciel. On raconte que ce sont les Autres-à-l'Est. On dit que non, ils viennent de Bordemure, ou bien plus loin, depuis d'autres cités continentales oubliées.

Adèle se tut et vit les yeux noirs de Silvio fixés sur un point de la Capitale. Elle prit une profonde inspiration.

– On dit que maintenant, le continent entier, ce sont les Autres. Que tout est plus loin et plus étrange qu'avant.

Elle ne souriait plus. Silvio se tourna vers elle.

– Ma mère vit toujours parmi les Sénescents, déclara-t-il, le visage grave. Ça fait des années que je ne l'ai pas vue. On pourrait commencer par aller la voir. Si tu es d'accord.

Adèle ouvrit des yeux ronds et s'éclaira d'un sourire. Sans dire un mot, elle tendit le bras et prit sa main dans la sienne, soulagée.

Ils contemplèrent un moment la ville écorchée de marécages, la vallée striée de moisissures et la rivière qui débordait entre les pins, inondant la forêt de calme et de reflets.

Adèle avait raison, la vue était magnifique.

Silvio se demanda encore une fois si, des années auparavant, l'invitation tacite du bout des doigts avait été réelle. Il ne lui posa pas la question. Il préférait découvrir les réponses par lui-même.